散文新四書

夏之豐

周芬伶 編著

楊照
李欣倫
蔣勳
林黛嫚
楊索
劉克襄
洪素麗
鍾怡雯
邱坤良

三民書局

國家圖書館出版品預行編目資料

散文新四書 夏之豔／周芬伶編著.－－二版六刷.－－
臺北市：三民，2018
面； 公分.－－(文學流域)

ISBN 978-957-14-5287-6 (平裝)

855 98020742

© 散文新四書 夏之豔

編著者	周芬伶
總策劃	林黛嫚
發行人	劉振強
著作財產權人	三民書局股份有限公司
發行所	三民書局股份有限公司 地址 臺北市復興北路386號 電話 (02)25006600 郵撥帳號 0009998-5
門市部	(復北店) 臺北市復興北路386號 (重南店) 臺北市重慶南路一段61號
出版日期	初版一刷 2008年9月 二版一刷 2010年6月 二版六刷 2018年1月
編號	S 811460

行政院新聞局登記證局版臺業字第○二○○號

ISBN 978-957-14-5287-6 (平裝)

http://www.sanmin.com.tw 三民網路書店

散文新四書

編輯凡例

一、在文學中書寫人生境遇，中國古典文學傳統中不乏其例，宋朝詞人蔣捷的〈虞美人〉是一個代表，「少年聽雨歌樓上，紅燭昏羅帳；壯年聽雨客舟中，江闊雲低，斷雁叫西風；而今聽雨僧廬下，鬢已星星也」，辛棄疾也有類似的心情抒發，「少年不識愁滋味，愛上層樓。愛上層樓，為賦新詞強說愁。而今識盡愁滋味，欲說還休。欲說還休，卻道天涼好個秋」。

二、至於結合季節與人生感慨的詩句，在詩詞中是普遍的題材，自然界的變化就是人生的道理，如寫春天的「小樓一夜聽春雨」、「春風又綠江南岸」等；歌詠夏天的如「孟夏草木長，繞屋樹扶疏」、「綠樹陰濃夏日長，樓台倒影入池塘」、「綠槐高柳咽新蟬，薰風初入弦」等；藉秋天抒懷的如「懷君屬秋夜，散步詠涼天」、「空山新雨後，天氣晚來秋」、「秋風吹不盡，總是玉關情」、「戍鼓斷人行，邊秋一雁聲」等；書寫冬天的如「天時人事日相催，冬至陽生春又來」、「君自故鄉來，應知故鄉事。來日綺窗前，寒梅著花未？」

三、現代文學中的散文作品如何運用季節的意象來表現人生？「散文新四書」邀請名家執編，各書主編皆在大學院校任教，教授現代文學課程，並在文學創作方面卓有聲名，《春之華》由小說家林黛嫚主編，《夏之豔》由散文家周芬伶主編，《秋之聲》由詩人陳義芝主編，《冬之妍》由散文家廖玉蕙主編。

四、林黛嫚說，我們在春天歡笑，在春天哀傷，在春天沉思，在春天展翅，春天的澎湃活力，以及多樣面貌，如同童年、少年、青少年有那麼多揮霍不完的青春；周芬伶說，人生之夏，是生命力昂揚的時節，感覺變得敏銳，世界也對我們開展，夏日是屬於記憶的，叫人務必張大雙眼追尋它的熱與塵；陳義芝認為，最能激發人聯想，引動心思去遼遠的時間、空間之外盤旋的，就是意態豐富的秋天；廖玉蕙表示，冬天也可以既妍又麗，繽紛似剪，崢嶸如畫，莫道冬容憔悴。本系列文選每一篇都有一個洗滌人心的故事，可以單本閱讀，也可四本接續品賞。

五、每篇收錄文選中的作品皆由主編撰寫「作者簡介」及「作品導讀」，務期方便讀者欣賞、習作與研究。「作者簡介」除呈現作家生平概略與整體創作風貌之外，同時加入主編對作者的認識，提供讀者另一個親近作者的角度；「作品導讀」則除了深入淺出賞析文本，並從作者的寫作方法切入，讓讀者也可由此文本學習散文創作。

【序】夏日微笑

夏日的微笑是永恆的苦笑，夏天的滋味是青木瓜的酸澀。這世上或許再沒另個季節如此貼近生命的真況了，總是在渡過時如此漫長，回首時又是這麼短暫，像是高三那年的暑假。人生之夏，是生命力昂揚的時節，感覺變得敏銳，世界也對我們開展，升學或失學，戀愛或失戀，結婚或失婚，就業或失業，成功或失敗，健康或病痛……，一切是那麼戲劇性，卻又是理所當然，這關鍵性的階段，每個人畫出的生命圖象各有不同，但都精彩萬分，人生有時比戲劇更精彩。

假如冬天是關於遺忘與空白的季節，需要將身子與雙眼緊閉才能細細體會忍受；夏日則是 bling bling 屬於視覺與記憶的，叫人務必張大雙眼追尋它的熱與塵。冬天像是心靈的枯山水，夏日則是五種感官都飽和到快從畫框邊緣滲出的油畫：下午一場突如其來的紛亂大雨；悶熱而百無聊賴的狗日子；人行道上逐漸融化的五色冰淇淋；夏夜盡頭遠處傳來的鼓聲；坐火車到傳說中的湘南海岸遇見穿花襯衫的少年；踩著火車軌道盡頭隱隱散發出的海市蜃樓，如此明亮清晰卻又有點扭曲變形，這是梵谷那逐漸汽化的向日葵，也是關於人生與未來的隱喻。本書中選出十一家，集中描寫生命力之昂揚，邱坤良〈三十功名錄〉寫出人生的志業之莫不可測，拆解功名之虛幻性與荒謬性；楊照〈氣味〉寫出青春之暴動與困惑，像一個不可解的哲學命題；李欣倫〈像我這樣的一個女子〉寫出女子難言的病痛，也許越年輕越感痛，多愁善感的年齡，痛感也是一種存在感；洪素麗〈苔之華〉寫出生命的流動與青春富麗的景觀，歲月的感逝在其中，青春是一幅好畫；季季〈鷺鷥潭已經沒有了〉寫出文學與愛情的盛夏，以一場饗宴達到頂點，卻也空惘與危厄在其後；黃寶蓮〈以魚之名〉寫婚姻與飲食習慣的隱微聯繫，見微知著，將婚姻的現實內裡也拆解開來，誰說白雪公主與白馬王子就是幸福的保證？生命的故事訴說不盡，訴說本身就是文學，也創造無數文學家，如蔣勳的〈故事〉，聽故事的小孩變成說故事的作家，說故事的母親變成自我的化身，故事的魅力何其大！楊索的〈熱與塵〉為生命之夏作了最佳的詮釋，沒有輻射般的熱，哪能表現生命之雷射切割？來自北緯五度的鍾怡雯寫出接近赤道的熱與野，那是卡繆的北非之下，極狂亂也極暢快；劉克襄的自然書寫描寫猛禽翱翔過自然與文化，現代與歷史多界的天空，自由自在不受拘束，何其暢快；林黛嫚初為人婦的〈本城女子〉，沒有〈慾望城市〉的搔首弄姿，對人生倒是多了一點少女般的疑惑與好奇。

這些人的生活就是你我的生活，這些人們就是你我的朋友。人生像是同這些友人漫步在夏日午後的樹林裡，陽光從密密的樹葉透析出來，光影交駁；腳下踩著地上的葉子，發出清脆的聲響。大家邊走邊唱著過氣的流行歌曲，有時則只是安靜下來聆聽感受大自然的聲韻。走到林中路暗黑分歧處，偶爾會與他人走散而孤單一人，但也許我們從來不用因此而感到恐懼，因為忽遠忽近總是傳來他人的聲音，讓我們知道自己並非一人，也許大家不約而同大聲歌唱，朝著光亮的地方走去，我們總會再次相遇。不遠處某人的收音機中幽幽放著〈夏日的吻，冬天的淚〉這首歌曲，也許夏日不盡然只是充滿著熱情，夏日本身就預謀著冬日的淚水，也或許夏日生下來就是為了用吻去安撫人生冬日的淚水。

夏日無盡，讓我們希望散文會成為那個吻。

散文新四書

夏之豔

目次

熱與塵

楊索

那年夏天提早來臨，
還未到六月，
小鎮眷區的一排鳳凰木已經燦燦開了花，
但我了無心緒看花，
小鎮的街道及行人都快要被氣溫融化了，
我穿梭在巷弄覺得奄奄一息，
那是個最窒悶的夏季。

那年夏天提早來臨，還未到六月，小鎮眷區的一排鳳凰木已經燦燦開了花，但我了無心緒看花，小鎮的街道及行人都快要被氣溫融化了，我穿梭在巷弄覺得奄奄一息，那是個最窒悶的夏季。

我將屆十四歲，周遭同學都在準備畢業考，更重要的聯考將隨之到來，但是我卻恍惚度日，不知今日何日。畢業考的當天，是一個出大太陽的日子，當我醒來時，隔板外的左右鄰舍已經人聲喧囂，我幾乎要哭出來，那麼重要的一天，我居然睡過頭，家中也沒有人叫我起床，我胡亂穿衣，奔跑出街巷，等到我跑進學校，看不見半個人影，校園一片寂靜，我徘徊又徘徊，最後才鼓起勇氣走入教室，同學們埋頭沙沙解題，沒有人抬頭看我，監考老師瞪我一眼，示意我坐到自己的位置。

那是第二節的數學考試，而且已經考過三十分鐘，我看著考題發愣。從小學的雞兔同籠和植樹問題開始，我就敗退了，何況 sin、cosin 的幾何三角。就這樣，我看著同學垂頭拚命趕時間，此時，我的時間卻變得十分悠長，不知道自己剛剛為甚麼要跑那麼快到學校？窗外，五月的風吹著，操場外的野草輕輕晃動，我的心也怦怦跳動著。我想到可能領不到畢業證書，畢不了業。當小文和所有的同學離開學校後，只剩我一人重讀一年，變成所有人的笑話，這種場景將如何可怕。在教室呆坐的光陰變得更漫長了，我漲紅著臉，身體微微發抖著，心臟跳得更快，眼前的人生似乎發黑了。

考試結束時，我宛如敗陣的鬥雞，羽翼差不多全被拆折了。我低頭喪氣走在街道上，不想立刻回家，可是又不知要往何處去，就漫無方向一路走下去，我穿過車陣，走到人煙稀少的河堤，這是小鎮我最熟悉的地方。陽光仍十分熾烈、河堤也沒有遮蔭的樹叢，但是，我終於可以離開人群。暫時忘記可能發生的一切。

我蹲在河堤下的土坑，躲避惡毒的太陽，希望能夠想清楚下一步，明天的考試，我已經放棄了，反正今天的測驗已經決定我的命運。沒有人知道，十四歲的我在惡水掙扎著。

畢業典禮那天，氣溫高達攝氏三十七度，氣象局說，這是北部地區少見的六月高溫。當天，我穿著前一夜洗過，還有點潮溼的制服去學校，夾在一群群聽訓的隊伍中。我內心忐忑，不確定自己是否能領到畢業證書，當代表會主席、鎮長、校長訓話完畢，隊伍中抬走幾個暈倒的女生後，典禮總算結束，我也僥倖領到證書。

人群散去的瞬間，校園空空蕩蕩，只有隨風捲起的一片沙塵，我捱到最後，獨自在操場晃蕩，我問自己，國中畢業後我要去哪裡？我要做甚麼呢？對於未來，我茫茫然毫無頭緒。父母從未關心我的求學生活，父親甚至說，女孩子不必念太多書，小學畢業就可以了。然而，當我想到，班上許多同學將會穿起綠色、白色、黃色制服，只有我一人被棄置在校門外，我的心就如被繩索纏繞到不能呼吸。校園的鐘聲響了，在教室上課的日子卻休止了，我將好久不會再聽到敲響銅鐘的悠長聲音。

夏季結束時，我在中央新村找到一份幫傭的工作，我提著一個塑膠提箱，裡面裝著幾本書和簡單的衣物出門。那天剛好是高中開學日，路上看到一波波趕上學的高中女生，這幅情景使我心頭更添鬱悶。我轉了兩趟車，來到這個陌生人家，每天清晨六點先清掃房子，接著是做早餐、洗碗盤、洗衣、學燒菜，再來是收衣疊衣煮晚餐打掃清洗打掃清洗，家務似乎永遠做不完，日子機械沉悶得令我透不過氣來。

我所棲居的床位不到一坪，僅容一張木床，深夜，我坐在床頭發呆，腦中一片空白。在一個假日，我獨自坐車到碧潭，走在吊橋上，吹著輕風閒逛，舒緩了一些內心的窒悶，此刻，我的腦海飄過一些模糊的身影，也不過才離校三個月，和同學相比，我卻覺得永遠追不上她們。

以後，我又轉往另一個人家工作，這對年輕夫妻生育三個小孩，所以除了家事，我還要兼做保母，將滿一歲的男娃娃餵養得好，抱在手裡十分沉重，我得小心翼翼照護他，家事以外的沖奶、洗尿布、小娃娃洗澡讓我日夕忙不過來。

這戶人家位在新興的忠孝東路住宅區，公寓後方是一間麵包店，左右有台北工專、懷生國中，每天下午四點，先是傳來麵包出爐的陣陣香味，接著是國中放學的悠揚鐘聲，那時就是我一天中最悵惘失落的時刻，我真希望屋內沒人，那我可以放聲地哭一場，可是，我卻只能在後陽台收衣服時，站立著怔忡，望一下遠處的灰霾天空。

那年春節，女主人要大宴賓客，要求我年後再回家過節，我跟著她在廚房團團轉，一不小心，我在開酒瓶時，居然被破碎的瓶口劃傷大腿，女主人看了一眼，就回頭炒她的菜。在滿屋賓客中，我回到自己的小房間先壓住傷口，雖然鮮血持續淌出，我還是要端著菜跑進跑出，等到走春的客人散去，我依照平日習慣收拾桌面，卻毫無食慾，一時之間也忘了當天是大年初一。

我離開這家人以後，記憶中的麵包店早晚出爐麵包香以及準點鐘聲，總是一再地從我的鼻翼耳間飄過，濃郁幸福的麵包奶油味加上教室琅琅的讀書聲縈繞久久不散，這一切連結了我對昔日同學的羨慕、對未知的徬徨，也有，對灰暗苦悶的青春的反抗。

另外一個夏天來臨時，我又提著行李上路，這次是到竹圍的電子加工廠當作業員，每天清晨七點起床，我和一列列穿著淡灰色制服的員工到餐廳排隊領早餐，接著就進入廠房的生產線作業，我拿著焊槍和錫條焊接零件，一天天做到成反射動作，沒有空檔想心事。這家大廠代工外銷音響，生產線末端日夜傳來測試產品的流行歌曲，那個年代最流行的就是鳳飛飛，日以繼夜，我耳中鳴響著她所唱的「一片楓葉一片情，片片都有我愛和憐……」時序還不到秋天，她的歌聲已經清晰地帶來了寂寥的深秋，那麼寒涼，那麼悲戚。

有時候加完小夜班，過度的疲累反而不容易入睡，我單獨爬上宿舍頂樓，在黑夜中遙望淡海，末班夜車從台北駛來，車頭燈愈來愈亮，海面有網撈漁船的閃爍燈火，夏夜的南風吹著，我哼著剛剛學會的〈南屏晚鐘〉，斷斷續續唱著，有時拿著吉他，不成曲調撥著，這時，我感覺這世界只有我一人，沒有人記得我，我也不牽掛任何人。

在一個放假天，我往紅樹林的方向漫步，慢慢走到淡水高爾夫球場，那坡度起伏的遼闊草坪，和悶熱、遍布塵埃的工廠作業間是如此不同，我像是走入一個綠色天堂，天是那麼藍、雲朵又那麼白，風也輕輕吹著，雖然日正當中，我卻一點都不覺得熱，甚至到了下午，我也不覺得餓。

發薪日是作業員最開心的日子，我也不例外，我跟著同事雪雲去逛竹圍夜市，隔日回家，把買來的禮物帶給弟妹，一部分薪水交給父母。在短暫的假日結束後，我搭北淡線回宿舍，其實，淡水線並不長，可是火車一路嗚嗚嗚，平交道起落上下，窗外景觀變化閃動，劍潭、石牌、北投一路穿過，當過了關渡，我就如一隻要被關回竹籠的小鳥，此刻已笑不出來。有時，我會問自己，為甚麼青春如此青黃慘綠，列車奔馳著，我被拘鎖著，不能在這條路上跳車，可是，我要問自己，難道我不能向這一切說不嗎？生命！生命！我在內心呼喊著，列車外的筆仔樹微微晃動著，遠處的觀音山霧靄繚繞，靜默橫陳，而我小小的心事只有在心內如海浪拍打著。

淡水線的火車就要開了，那一回又一回在白日、黑夜站在灰白的竹圍車站上車、下車，之前或之後坐在車內看風景，我多希望坐火車數算站牌的日子能成為過去，我不想再聽到鳳飛飛的歌聲，最後的一片楓葉早已掉落，她唱起新的〈我是一片雲〉，而我也想飛翔如白雲，能自由自在。

然而，即使是假日回到家，我也沒有快樂的感覺，陰暗的屋子仍然擠著我過多的弟弟妹妹，還有永遠一雙惺忪睡眼的母親，父親依然還沒回來，也許已經好幾天不見人影。弟妹們倒是很開心看到我，搶著我帶回的吃食，這時，我又覺得早一點離家是對的，否則我又能做甚麼，也許和他們一樣，只是無聊的漫長等待，渴望早早長大離家。

當我因為作業速度太慢被工廠辭退，終於回家時，坐在這最後的一班列車，心中反而沒有解脫的喜悅，而回到家裡睡在鐵床上層，我開始懷念工廠宿舍明亮的四人房，在那裡我有單獨的一張床、一個櫥櫃還有一盞檯燈，當然還有固定的薪水和三餐。淡水的海風和靜靜的黑夜，我在宿舍頂樓彈唱的夜晚，似乎都變得珍貴起來，那些時刻，我才初初懂得甚麼是寂寞，同時，我也獨自擁有廣大虛空的片刻，不需要像機器人一樣隨輸送帶轉動。回到擁擠的家，父母的爭執聲、弟妹的哭聲取代了廠房的歌聲和隆隆噪音聲，到底哪一種聲音聽來更焦慮，我也分不清。

長我兩歲的大姐就讀夜校，白天當車掌，姐姐做事俐落，我搭她的公車，看她剪票吹哨快速精準，一路呼嘯十分威風。雖然，我也想去當車掌，但是面試第一關就被打回票，主考的站長看見我就搖搖頭，對一旁的姐姐說：「她長太矮了，連拉環都搆不到，人多時怎麼剪票？」

元宵節以後，台北的所有學校都開學了，失學的我又找到一個工作，這次是機靈的姐姐帶我去的，在清晨三點，她帶我到新老闆的家，老闆夫婦是水果中盤商，那天開始，我就跟著他們清早摸黑到果菜市場幫忙。個性迷糊的我，第一天，光要記清楚所有水果的價格和產地即是一大挑戰，同時，早市的批發市場，天未明已經人山人海，早起的小盤攤商看來還未睡醒，是強打精神出門的模樣。當臨近中午休市時，市場內外遍地棄置的蔬果發出腐爛甜香，泥濘甬道推擠著臉色慘黃來撿拾一些果菜的人，此時，我被中午的太陽和腐葉爛果交纏的氣味以及睏倦睡意包裹到要倒下來。

冬日的凌晨吹著尖峭的東北風，那正是台北人在夢鄉甜睡的時刻，而我坐在搖搖晃晃的小貨車內，往果菜市場行進，陳老闆習慣按下卡帶匣聽台語老歌錄音帶，當陳芬蘭唱著〈孤女的願望〉唱到「阮是無依靠ㄟ孤兒……青春就要靠自己，心內才不會稀微」，這早熟沙啞的童音觸動我最深最深的、無人可觸及處。

新季的綠皮椪柑早早上市，火燒柑也露面了，桶柑沒人要，春節前後的草山橘最受小販喜愛。鬧烘烘的一個早晨結束時，有時候，陳老闆夫婦也會給我一、兩斤的柑橘帶回家，這一對厚道踏實的夫妻待我很好，不過，三個月後，陳老闆發薪水時對我說：「妳不適合在這裡，去找別的事頭吧！」

在幫傭、女工、批發副手的時期結束後，我已經不曉得要去做甚麼，白天，我去鎮上銀行翻報紙，在分類廣告中尋尋覓覓，過了一個飢腸轆轆的上午，到戲院巷口吃一碗陽春麵，一天的時光忽然變得極為漫長，少年失業的人和中年失業相去不遠，一樣是踩馬路時間過不完。

有一天的傍晚，我走在公車站附近，國中同學小文穿著綠制服走下公車，我轉身裝作沒看見，小文卻叫住我，我停了步，兩人相對，我內心十分苦澀，小文卻笑吟吟問我好不好？她問我，這兩年來在做甚麼，為甚麼都沒有消息，又說起誰誰誰讀哪裡「真希望你也在一起」，我呆呆地露出一個沒有笑意的微笑，小文說了甚麼，其實我並沒有聽見，她不知道，有很長時間，我的身體和思緒經常是分離的，我常常恍恍惚惚不知別人說些甚麼，並且我也不想聽。

春天來臨時，玉姨介紹我到日本料理店工作，我穿著和式制服，綁著頭巾，開店前跟著領班灑掃，營業時站在門口，客人一進門就跟著喊「伊呀塞嘛塞（歡迎光臨）」，客人臨去，要再喊「喏麼阿里呀多（謝謝、再光臨）」。厚厚一本的食單，中日文的菜名加上食物照片，讓我來不及背，我雖然手腳不快，可是因為態度親切，服務熱誠，有時也會拿到小費。

這家料理店位於西門町，多數食客是日本人，玉姨是店內經理，有時候會坐下來陪客人喝一盅清酒。餐廳大廚是一個瘦削的中年男子，每天從上午九點備餐到晚間九點打烊，這個一臉病容的男子就沒有停過講黃色笑話，他還得意地說：「三天沒說雞，餐廳無生意」。晚上打烊，從老闆、廚師到服務生，一夥人就併起桌子埋頭賭十三支，有時還廝殺到天亮。

我白日去餐廳上工，一整天聽著帶有江湖氣的日本演歌，一聲聲的「荷未馬得、阿伊兮得」發自一個滄桑陌生的男歌手，窗外行人漠漠行過，彷如無知無感，面無表情，而天色卻隨著時而跳針的歌聲一層層加濃。

下班時，我走在夜色中的西門町，縱橫街道的店鋪輝映著各色交雜的霓虹燈，可是，燈光下的人群行色匆匆，臉色黯淡無光，像是被汲乾血脈的魍魎。我想起七歲時，中華路的第一百貨開幕，我和姐姐跟隨母親去逛百貨公司，第一百貨和中華路的幾盞霓虹燈招牌閃爍著，我回家後興奮到一夜睡不著，那天的情景猶如昨日，算來也不過十年前，如今的我怎麼就被現實壓榨到喘不過氣來。

昨夜星辰昨夜風，在料理店小妹生涯結束後，當我回到熟悉的武昌街、漢中街一帶，白天的西門町忽然鮮活起來，比過去顯得真實有氣色許多，連暗巷的拉客三七仔、歌廳、電影院散場人潮看來都精神飽滿。雖然我還是我，不過，我又長大了一歲，更有氣力應付眼前的生活了。

往後的年月，我依然在一個個被熱與塵所籠罩的日子前進，夏日仍然不好過，我又換了形形色色的工作，甚至，我也做起小生意，到五分埔批衣服、在後車站批飾品、去濱江街批來鮮花，在街頭做自己的老闆。

不可知的未來在前方轉彎處，那我看不見盡頭的命運之路，到底將會帶我往何處去，在經過一個個熱氣蒸騰、燠悶炙人的夏天，被一曲又一曲男聲女聲牽引，走入一處處分不清日與夜的地方，我好像體質變得更為堅強，當我照鏡子，看到鏡中年輕倔強的臉龐，露出一臉的不服輸，鼻翼下有隱隱的法令紋，我看著自己發亮的眼睛，心中想著「一定會有希望」。

這種堅強頑固的信念就如夏日豔陽輻射出能量，而那飄散在生命中如塵埃般無所不在的挫敗，同樣依然存在。那從懵懂的夏日出發的旅程、那件遺落的塑膠行李箱、那大腿左側的傷疤、那午後的出爐麵包香、那鐘聲召我的迷惘、那我所不解的男性演歌、那消失的淡水列車，還有日落在西的血色黃昏，它們陪著我一路走來，我仍然感到深沉無人可解的孤寂，內在愈來愈易感，外殼卻愈來愈堅硬，生命！生命！生命！這我所未曾解的靈魂之林已經在終極處發出幽光。

——《我那賭徒阿爸》，聯合文學

作者簡介

楊索

一九五九年生於台北永和，網路和書上都自我介紹為「台北雲林人」。自幼隨父母在永和鎮四處遷移，雲林是她的原鄉，也是她的他鄉。十五歲的楊索，多次與父親爭吵，最後掙脫與父親生活的攤販人生，離家出走，當過女工、幫傭、店員、小妹，從此沒有在家住過一夜。不停地遷徙流轉，愛好文藝與一身好膽，楊索成為從事文化工作、往來無白丁的記者，曾任職媒體多年，調查採訪主題和社會議題相關。著有《我那賭徒阿爸》。

作品導讀

在懸崖上野餐的成長

在飽經人事歷練，閱讀了更多的社會學之後，楊索發現，「站在一個高度看這些小人物，突然理解了父母，儘管傷口還在，卻生出同情與憐憫。」這一年，楊索已然四十歲。她寫了八年，字字血淚，集結成《我那賭徒阿爸》，得到讀者的共鳴，也解放自己。「在書寫過程中，讓我更清楚自己性格背後的圖象，對許多如幽靈籠罩的過往，也釋懷了。」她將這本書當作自我治療，也當作一代人的家族相簿，其中濃厚的庶民氣息，素樸的筆法，與沖淡的苦味與無奈，令人不忍，本文即其中一篇。

有甚麼比孤苦奮鬥的少女更能表現生命的熱與塵，如果磨難是塵，而生命是熱，靈魂因磨難而越擦越熱，越擦越亮。這真是一條人間少有且艱辛的「苦路」，一個小女孩，年少失學，只有一處接一處打工，處在惡劣的生活環境，冰冷的現實，出淤泥而不染，穿插著一首接一首的流行哀歌，反襯出作者內心的掙扎與淒苦，然生命之背面並不完全是陰影與黑暗，女性生命之孤獨，經歷過苦思冥想，而散發智慧的光芒。生命之夏，只有在披風瀝雪中，展現輻射般的生命能量，就像熱與塵之不可分離。寫法雖平淡，用字也不刻意，然生活感十足，是濃縮過的生命經驗，無需多加雕飾。也許青春就是對一切事物的羞恥與排斥，對於敏感的孩子來說光呼吸已經感到痛苦，更何況是排山倒海而來的磨難，一切只有長大成熟才能慢慢化解。青春難言的苦澀，不正是那是夏之酷烈，天地之不仁，然人是有靈性的動物，會思索，會調整，不知不覺已長成堅強的成人。也許眼淚的背後是喜悅，痛苦的背後是智慧。生活的經驗有普通經驗與美感經驗，美感經驗是難得的：死而復活的經驗、初戀、累積的經驗、重大的苦難……，它們都是生活中的偉大結晶，一切迎面而來的事物，並非每一件事都值得一寫，只有那懂得擷取美感經驗，勇敢探索的，才能抓住寫作的要領。

本文作者勇敢地面對自己坎坷生命，在筆法上簡樸而比喻精確，具有穿透力。其中最感人的不是技巧，而是頑強的生命力。用生命書寫是有話要說，而且非說不可，跟那些只是想說話的文章，是大大不同的，此為其難能可貴之處。

※本篇扉頁楊索照片，由許村旭先生攝影提供。

蔣勳

故事

我的成長交錯在母親口中的故事和學校教科書之間，
我覺得荒謬，
在兩邊搖擺，
常常覺得被分裂了，
統一不起來，
下不了結論，
看到別人輕易下結論，
也不由害怕心驚。

我身分證上出生的年分是民國三十六年。民國三十六年應該是西元一九四七年。但是我生在年底，十一月二十八日。那時中國北方民間還普遍用陰曆，十一月二十八日有可能是一九四八年的年初。朋友幫我查過一次，換算成陽曆，好像是一九四八年的一月八日。

二次世界大戰結束，剛剛脫離戰爭的威脅，全世界都在生孩子，有所謂戰後「嬰兒潮」的說法。我算是戰後龐大嬰兒潮中的一員吧。

我的父親是軍人，中日戰爭的時候，隨軍隊四處調動，母親帶著我的哥哥姐姐住在西安老家，他們也分散了很長一段時間。戰爭一結束，家裡一連就添了兩個孩子。我上面一個姐姐，大我一歲，接著就生了我，好像迫不及待，仗一打完，覺得有好日子過了，趕緊生孩子。

父母大約總希望給孩子一個太平世界，太平時代來臨了，孩子可以有一個美好的未來。

我的父母是否這麼想，我不知道。他們如果真這麼想，可上了當，上了命運弔詭的當。

我一出生，國共內戰就打得不可開交。父親是國民黨軍官，隨著國民黨軍隊的士崩瓦解，一路攜家帶眷逃亡，輾轉從上海到福建，漂流到西沙的白犬島，一直到一九五〇年後才在台灣落了腳。

我的童年從來沒想過「文學」這兩個字。兵荒馬亂的時候，買本書都是奢侈，哪裡談得到文學。我最初的「文學」其實也就是母親口中的「故事」。

母親是清朝正白旗後裔，她的祖父是最後一任西安知府，老家在西安二府街。二府街還在，一九八八年我去看了一下，老宅子拆了，新蓋了一幢大樓，住了有幾十戶人家。我東張西望，一個老太太問我：「找誰啊！」我笑一笑，沒有說甚麼，拍了張「二府街」街牌照片就走了。

母親口中的故事許多是與辛亥革命有關的，她說，革命的時候，西安城四個城門都堵上了，旗人都化裝成漢人，逃到城門口，革命軍手裡拿著一個饅頭，吆喝著：「這是啥？」說「饅頭」就放行，說「餑餑」，一定是滿人，即刻拉到一邊砍頭。「一個城殺了一半的人。」這是母親的結論。母親是民國七年生的，辛亥革命的事她也是從年長的人聽來的，正不正確我不能保證。稍稍長大了，學校教歷史，辛亥革命當然沒有母親講的那一段，歷史課本裡說的是「腐敗的滿清」，我回到家，覺得自己大義凜然，指著母親說：「腐敗的滿清！」母親在我頭上一巴掌，罵道：「小雜種！」

母親的故事包括《封神榜》裡的妲己和比干。商朝到了「腐敗」的時候，紂王寵愛妲己，比干是忠臣，極力勸阻，妲己就用讒言陷害比干。比干被處以剖胸挖心的酷刑，「但是，」母親說：「比干有法術，挖了心，披了衣服，騎上馬，出城去了。」我小小年紀，也知道為忠臣高興，鼓掌歡呼。母親的故事卻還沒完，她說：「妲己更厲害，她變成一個老婦人，躲在城門口賣菜。比干問：『賣甚麼菜啊！』妲己說：『空心菜！』破了比干的法術，比干就從馬上摔下來死了。」母親說完站起來跑去洗碗，我大哭捶她，覺得她怎麼把故事說成這樣的結局。

故事究竟應該有甚麼樣的結局？

母親口中荒誕不經的故事陪伴我長大，那些故事，沒有邏輯，沒有章法，美麗混攪著殘忍，崇高混攪著恐怖，那些故事裡沒有結局，她自己的結論常常是：「我要去洗碗了！」她總是在吃完晚飯後跟我們講一段故事。

我的成長交錯在母親口中的故事和學校教科書之間，我覺得荒謬，在兩邊搖擺，常常覺得被分裂了，統一不起來，下不了結論，看到別人輕易下結論，也不由害怕心驚。

一九五七年左右吧，記不確切了，大概是我小學四年級或五年級，美國總統艾森豪到台灣來訪問，學校發動學生去歡迎，每個小朋友手上拿著一面美麗國旗，排成隊伍，浩浩蕩蕩，走路到中山北路，一大早就排列在路的兩旁，人山人海，在教官的引導下練習呼口號：「美國萬歲！」「蔣總統萬歲！」「艾森豪總統萬歲！」「中華民國萬歲！」

小朋友都很興奮，不時在人潮裡踮起腳尖，伸長脖子，生怕錯過了這歷史的一刻。大概足足等了有三四小時，太陽太大，有些體弱又過度興奮的學生，熬不住，昏倒了，抬到樹蔭下躺著。終於，開道的警車一輛一輛駛過，一片旗海在人潮頭上顫動招展，美麗壯觀極了。躺在樹下的學生掙扎著爬起來，擠在人潮裡跟著呼口號，竟然淚流滿面。

我看到艾森豪了，紅紅的臉，白白的頭髮，頭頂禿了一大塊，笑咪咪，向兩邊的學生民眾揮手，真像耶誕卡上畫的聖誕老人。

「真的像聖誕老人欸！」回家以後，我搖著旗子，很興奮地跟母親說。母親一把扯去旗子，扔在地上，板著臉罵了一句：「小洋奴！」

整個童年好像都在備戰，每一戶人家都被命令挖防空壕，晚上突然響起警報，要趕緊關窗熄燈，躲在防空壕裡，看到遠遠的探照燈在空中移過，一直等到解除警報的笛聲遲緩響起，防空洞裡的人陸續出來，搖著扇子，閒聊一回天氣，才各自回家去睡了。

戰爭始終沒有發生，空襲警報也一直只是軍事演習。防空洞上長滿芙蓉花和野莧菜，姐姐已經長成少女，把芙蓉花摘下來簪在鬢邊。鄰居的大哥發育了，講話粗粗的，一腿毛，常常躲在洞裡，一小時不出來。防空洞不再用來躲警報，各家雜物都堆放在裡面。我悄悄爬進去，舊的發霉味的棉被，缺腳的椅子歪倒在一邊，一隻貓驚悚地盯著我看，垂吊著蜘蛛網，我心跳越來越快，在一團闃暗幽微的深處，我聽到少年粗粗的喉頭的呻吟，他背對著我，全身劇烈顫動，好像得了大病，呼呼喘著大氣，痙攣震顫，一股濃烈嗆腥的氣味撲鼻而來，他像死去一樣，垂著頭，一動不動了。

母親說，防空洞上長的野莧菜，正是〈武家坡〉裡王寶釧苦守寒窯十八年吃的野菜。母親唱的〈武家坡〉我聽過，荒腔走板，不怎麼好聽。她很愛唱。父親長年在戰場上，母親一個人帶著孩子，有時候不知道父親在哪裡，不知道戰爭何時結束，不知道父親是否還活著。她或許從戲裡認同了王寶釧吧，吃了十八年的野菜，守了十八年的寒窯，她相信甚麼嗎？母親關於王寶釧的故事一樣沒有結論。

稍大一點以後，我和母親在台北大龍峒保安宮廟口看歌仔戲，演的正是〈武家坡〉。

她若有所思，告訴我武家坡就在西安城外，她去過，寒窯也在，寒窯上還插著王寶釧挑野菜用的鐵鏟。「我上前去搖，鐵鏟搖得動，卻拔不出來。」母親感傷地說：「吃了十八年野菜，肚皮都吃成綠的了。」

母親的故事仍然沒有結論，我只是一直記得她的形容：「肚皮都吃成綠的了。」

母親二〇〇三年二月在加拿大溫哥華去世，她一生居住過許多地方，好像也從來沒有把任何一個地方當作永遠的家，她只是一直在戰爭的逼迫下四處流亡。或許她一出生就注定是「腐敗滿清」的餘孽，他人興奮榮耀的「民族」、「國家」、「主義」都與她無關，她只是心裡守著她那個小小的寒窯，口中說著她相信的故事。

因為母親，我親近了文學，但是我懷念的還只是母親口中的故事而已。

——二〇〇四年一月號《印刻文學生活誌》

作者簡介

蔣勳

一九四七年生於西安，一九五〇年來台。幼時居住於台北大龍峒。十六歲時開始創作，文化大學藝術研究所畢業後赴法國巴黎第一大學藝術史研究所研究，專攻文學史、音樂史、戲劇史及社會史課程。一九八一年美國愛荷華大學國際寫作計畫訪問作家。曾任《雄獅美術》主編，淡江大學、輔仁大學、台灣大學副教授，東海大學美術系創系系主任七年，《聯合文學》雜誌社社長。現專事寫作並從事中國美術研究及普及工作。二〇〇八年以《孤獨六講》獲「台北國際書展非小說類大獎」。散文集有《萍水相逢》、《大度・山》、《今宵酒醒何處》、《人與地》、《島嶼獨白》等。

作品導讀

故事裡的薄荷糖

誰能抗拒故事的誘惑？故事能救人，如《一千零一夜》的沙拉赫佐；故事也能殺人，如《錯斬崔寧》，不過編了一段故事，卻引來殺身之禍；故事也能殺時間，據說印刷術的發明是為讓聽眾不要打斷說故事的人哩。

蔣勳曾在東海任教多年，可說是最年輕的美術系主任，也曾寫了《大度・山》一書記錄這段教書、作畫、賞遊的日子。他懂得最前衛的藝術，卻常在花下流連不去，為一顆石頭沉吟，有人說他長得像外國人，或有六朝風範，有滿人血統的他，其實是多情愛美的生活藝術家，或藝術生活家，把藝術融入生活，或教人如何活在藝術的生活中，而成為美的導師。他的藝術講談與筆記深受歡迎，除了深入淺出，還有自身在其中的說服力，當然他的嗓音更是迷人，如果要寫一部新《世說新語》，這部書許多作家都該列入，蔣勳應算是優雅又清逸的一品吧，是清夏中的水蓮。

這篇是作者的自傳小品，訴說自己的故鄉、母親與文學因緣，不刻意雕琢，卻把說故事的母親寫得活靈活現。母親說的「比干挖心」、「王寶釧苦守寒窯」的故事，都留下空白的結尾卻勾住孩子的心，母親罵他「小洋奴」、「小雜種」令人想到慈禧，又說王寶釧挖野菜「把肚皮都吃成綠的」，在故事說完時緊接著是「我要去洗碗了」，把一個平凡母親的忙中偷閒說故事，又把一個滿清貴族女子的戰亂流離臨危不亂的大氣剪在一起，令人懷想這樣的充滿故事的奇女子，展現的生命藝術是驚人的，才足以啟發孩子的文學美感。講故事的女子是《一千零一夜》的沙拉赫佐，讓人屈服於故事的魅力。而講故事的母親正在盛年，正當生命中的盛夏，她的充滿生命力，與咳珠唾玉，聯結吃綠肚子的王寶釧，是一幅如何美麗的圖畫，日後母子同看〈武家坡〉，對照之下，有種人事滄桑的意味。

作者真正愛美愛到心痛，不管寫人寫景寫物都有令人心痛的愛與美在其中；亦有壯闊的背景在其中；莊嚴的主題在其中。其歡喜讚嘆真讓人回到兒童的真，蔣勳可謂情之痴美之師。中國的美學散文從朱自清、宗白華、朱光潛到余秋雨、蔣勳，可謂一脈相承，他們從美學出發，觀照宇宙萬物，皆能見其本相，並優游於廣大深厚的美學傳統中。

作者用素樸的文字與敘述，有點琦君的風味，敘事加對話寫活人物。但凡作者觸及美感經驗，是不勞文字雕琢的，它完整而獨特，畫面感十足，寫作去普通經驗而多寫美感經驗是必要的，因為素材本身夠美，何勞刻意剪裁？

氣味

楊照

十幾年後，

嗅覺帶我穿越遺忘的迷宮。

我才恍恍惚惚地明瞭了當時的感覺。

雖然報復成功，

可是卻失落了原本對公理正義的信心罷。

原來暴力那麼容易改變事實。

那樣的暴力來自我們自己，

讓我們不安。

二十幾歲的時候，很自然地認為記憶主要是視覺的事。看到了甚麼，像拍照或錄影般原件原樣存留下來，事過境遷，需要時再把略略打了折扣的影像搬出來映放一番。

慢慢一點一點才明瞭嗅覺與聽覺的意義。記憶的影像愈累積愈多，變得像座龐大的倉庫。總有一部分地方是習慣性去提存的中央地帶，另外有些其他角落，無可避免開始落塵堆灰。中央地帶永遠只有那個大，角落卻持續擴張，到後來根本不再弄得清楚倉庫真正的界限到底在哪裡。

記得但卻從來不曾去喚起的記憶，應該算記憶還是遺忘呢？沒有去喚起的記憶，又如何能確定究竟是記得還是忘卻了？通往那些不常啟用，如迷宮般，既陰潮又森寒的角落，你不可能再依賴視覺。這時候唯有氣味與聲音是不期然的引路手電筒。

春末夏初氣溫第一次狠狠地飆高到三十度以上，剛入夜車行經過大直橋，儘管已經截彎取直依然不脫汙滯本色的基隆河味道撲鼻而來，因為隔閡了一整個冬季而格外凸顯明確的淤泥濃臭，經過了冷氣濾網的篩節，還是彷彿咕碌碌緩緩冒著氣泡般，滲進車裡來。

我急急地搖下車窗，自虐地刻意加強鼻腔內所受到的強烈刺激。氣味引領我走向一條我以為已經消失封閉了的隙縫，我眼前看到的不再是大直街上紛紛亮起的路燈車燈招牌燈，而是人聲漸消闃靜的植物園，藝術館門口的水銀燈邊有一塊光線全然照射不到的死角，可以容納三、四個人藏身，死角旁邊是通往園內唯一的一條水泥小路，路的另一邊則是小荷花池。

我們四個人擠得緊緊的。手心不停出汗，卻抑制不住不知是因太興奮還是太害怕，而從腹部深處一波波湧冒出來的笑意。誰都沒有笑出聲來，可是透過肌肉微微的顫動，我們像傳染瘟疫般傳染著笑意。

關鍵時刻終於到來，一個魁梧的身影不徐不疾地經過我們身邊，我根本不敢看P和C他們怎麼動作，只是專注瞪視著那片移動中的背，P和C開始散竄逃奔時，我和H就衝上去猛力把已經被套上大麻布袋的身軀推向荷花池去。嘩啦啦簡直如雪崩般的聲音響起，我們頭也不回，依照原本約定，跑進旋轉門內後，各自找不同的路鑽進植物園的園林深處，今晚絕對不再碰面。

跑開前的那剎那，氣味揚起。荷花池池底淤泥的氣味。一位教官被推落荷花池，翻動了長年淤泥所產生的氣味。我明明白白聞到那氣味，而且明明白白感覺到那氣味從我背後襲來。偏偏我被分配到的路線必須沿著歷史博物館的牆，然後繞著大荷花池再去接植有南洋杉的博愛路出口。所以我一直聞到荷花池的氣味。氣味濃得讓我懷疑是沾了一身淤泥的教官爬出池子來追在我身後，我卻只能瞠目驚駭著，完全不敢回頭確認。把國中時代練田徑練得的速度充分發揮出來，一直衝到博愛路重慶南路口，那裡有一家牛肉麵館，撲鼻的蒜香辣豆瓣醬香哄地衝來，彷彿在我身後構成一道對抗淤泥氣味追趕的防護阻隔，我才敢停下腳步猛然回頭——甚麼都沒有，只看見植物園內南洋杉炫麗的金黃樹幹竟然輝映著應該是滿月的月光，金銀色澤既聯合又鬥爭地統一成一幅令人難以忘懷的超現實景致。

當時覺得難以忘懷，後來畢竟還是忘了。忘得很徹底。十幾年來多少次重訪植物園，都沒想起過這件事，一直到基隆河裡同樣是淤泥的氣味才把這一幕帶回來。

視覺是不可靠的，因為視覺是道德的。年少惡戲把教官推落荷花池，當然不是甚麼光榮的事跡。成長的過程中，視覺會很自然地依照後來反省附加的是非道德觀念，把這些自動藏起來。嗅覺卻不管你甚麼道德不道德，它甚麼都留著，它甚麼都記得，在最不可思議的時刻把一整串一整套的來龍去脈狠狠地沿著鼻管神經向大腦裡深挖苦掘。

記起來高中一年級的日子。永遠嫌學校裡上課下課的規律太無聊，永遠想望著成人世界裡在規律之外的種種戲劇性，也因此永遠在等待機會，如飛蛾撲火般撲向任何一點點騷動不安的情緒裡。

我們是全世界最好管閒事的人。管別人的事總是解釋成「義氣」。把武俠小說電視連續劇裡那些濫俗的正義感把胸膺填塞得滿滿的，為朋友兩肋插刀在所不惜，為朋友而不是為了自己去搗蛋去向權威挑戰，格外熱心格外有成就感。

不過其實好管閒事背後，有更深沉的悲哀與寂寞。之所以要管別人的事，是因為自己的生活太單調，翻不出一點名堂來，只好拿別人生命中難得的起起伏伏來作自己的情緒寄託。

C認識了一位北一女的女孩，兩個人每天早上搭同一班車上學，後來就相約放學在總統府後門見面，再一起搭同一班車回家。我們學校放學時間比北一女整整早了半小時，大家可以從容的陪C散步走到長沙街口，看到女孩遠遠過來，我們識相地拍拍C的肩膀走開，女孩還會大方地跟我們擺擺手表示再見。

偏偏有一天，官拜陸戰隊中校的教官下課後趕到國防部去洽公，在路上就看見C和綠衣女子併肩漫步的形影。據C形容，教官像瘋狗般衝上來，惡狠狠地吩咐C第二天早晨朝會前到教官室報到，同時更沒風度的是竟然大剌剌地作樣抄寫綠衣女孩的學號，手一直往人家的胸前揮擺，還痛斥人家「敗壞校風」、「還沒長大就急著嫁人」，弄得女孩掩面哭泣、不知所措。

當天晚上，我們幾個死黨透過電話都聽說了這件令我們「憤慨髮指」的意外。決定第二天要比教官吩咐的更早到學校。我們一年級的教室在全校最老舊最荒僻的一棟樓，樓房前面還留著不知甚麼年代蓋的腳踏車棚，結結實實灰黑水泥建成的平頂棚子，懷念著那個台北還充滿稻田，大家慢條斯理騎腳踏車上學的過去時光。

我們沒有心情緬懷逝去了的台北。車棚成了我們報復的工具。P和W在H和我的協助下，爬到車棚頂上，用鮮黃亮麗的粉筆寫下了「離譜，太離譜了！」六個驚人大字。

天光大亮。實際的效果是每個爬上二樓三樓的學生，只要從陽台一探頭，就一定會看見那六個大字，而且一定忍俊不住哈哈大笑。因為整棟樓的人都知道那位教官姓李，單名一個普字。事實上到後來，連教室在一樓的學生都聞風跑上樓來瞻觀我們的惡戲，樓梯不斷有人上上下下奔走相告，而且陽台上一直到朝會前持續聚攏著比平常多上一倍的人群。

我們躲在廁所邊的角落，暗自觀察同學們的反應，同時，坦白說，暗爽暗樂。最讓我們欣慰的是，連班上那些平日中規中矩，總是按照教官指令乖乖動作的好學生們，竟然也參與在我們所製造出的歡樂狂亂氣氛裡，一場小小踰矩的嘉年華，對權威小小的戲謔反叛。

這麼小的事可以讓這麼多人快樂，可見教官有多麼不討人喜歡。不過回頭想，倒也正反映了那個時代龐大的禁制與無奈。

我們沒有機會親眼目睹教官的表情，因為他那天上的第一堂軍訓課是別班的。不過我們還是輾轉聽來他的不自然。上課當中不斷地朝門外瞄，甚至身體一直向門口偏移，似乎是不能相信自己進門前看到的景象，急著想要再看一下證實清楚。

然後，然後C就被記了一個小過。而且是用「在校外行為不檢」的名義重重懲罰的。而且C還被叫去教官室罰站，陪教官加班趕寫業務報告到快八點鐘才能回家。

教官顯然認定了C就是惡作劇的禍頭子，沒有經過任何詢問調查。被罰站那天，C跟隨著教官走出校門，發現他有穿過植物園到和平東路上等公車的習慣。

所以會有那陣荷花池裡揚起的淤泥熏臭。荷花池事後第二天，教官照常來上班，唯一的差別是額角上多貼了一塊OK繃。另外有一項差別是只有我們感受得到的。教官突然變得對C非常溫和客氣。他顯然認定了荷花池事件也是C帶頭搞的，同樣沒有經過任何詢問調查。這次他對了。

對於教官的改變，我們都嚇了一跳。沒想到即使是大人，即使是我們心目中最威武最具「男人氣概」的軍人，都那麼容易被驚嚇被恐嚇。暗夜裡莫名突襲的暴力，原來在大人社會裡這麼有效。

後來我們沒有再提起，沒有再討論這件事。不知道為甚麼，大家很有默契地迴避想起藝術館邊的那個角落。日復一日，我們照樣走過植物園，在藝術館轉彎時，大家不是格外沉默就是格外聒噪多嘴吵鬧。直到遺忘。

十幾年後，嗅覺帶我穿越遺忘的迷宮。我才恍恍惚惚地明瞭了當時的感覺。雖然報復成功，可是卻失落了原本對公理正義的信心罷。原來暴力那麼容易改變事實。那樣的暴力來自我們自己，讓我們不安；那樣的暴力也就有可能由別人施加在我們身上，我們的表現大概不會比教官英勇罷，這樣的想法又讓我們害怕。

我記起了頭上貼著膠布的教官，對C擺出的小心翼翼的笑容。我也記起了抽屜深處有一堆詩就是在那幾天裡寫的：

掛完了街燈之後我們掛上燈籠
擔心完了黑暗之後我們擔心 一千呎的墜落

趕走了蚊蠅之後我們繼續驅趕
自己心頭一隻隻白色肥大，在燈火裡
瑩瑩作亮的蟲蛆

走下漫水的街道
走下風沙痛痛撲面的街道
我們是帶劍的少年
喝！喝！
劍光劈出一片
沒有風景的天空

若是你問我存在是甚麼
若是你問我愛情是甚麼
若是你問我終點是甚麼
若是你問我哲學是甚麼
我都會給你完美的答案

而且柔柔甜甜的答案剛好適宜放在耳邊入眠
但是請你不要
請你千萬不要
問我怎樣才可以大聲地說出：
我是對的！

這幾首詩，好些年來我自己都讀不懂，一直以來是受到晦澀風影響下，寫得不明不白的壞詩。通過嗅覺，我才又讀到少年時代自己心中的震駭與疑惑。十幾年後，我重訪這些震駭與疑惑，依舊感到震駭與疑惑。

——《迷路的詩》，聯合文學

作者簡介

楊　照

一九六三年生，台北市人。台灣大學歷史系畢業，美國哈佛大學史學博士研究所肄業。其創作包括小說、散文、文化評論、文學評論等，曾獲聯合報文學獎、賴和文學獎、吳濁流文學獎、吳三連文學獎及洪醒夫小說獎。現任《新新聞》週報副社長。著有散文集《軍旅札記》、《迷路的詩》、《café monday》等；小說集《暗夜迷巷》、《星星的末裔》等；評論集《文學的原像》、《夢與灰燼》、《吹薩克斯風的革命者》等。

作品導讀

青春陽炎座

青春難描摹，不在形不在色，而在氣，盛氣，義氣，還有氣味。

早熟的作家，早熟的世故，卻有詩人的浪漫與熱情，開著紅色跑車，楊照一直是風頭人物，溫情又知性的他，迷戀青春的純真美麗，與革命之熱情，如一團野火般燃燒著，但好像一直有甚麼拘住他，否則就要像脫韁野馬般飛奔而去。雖然提倡知性散文，然他的文章中還是詩意與感性最迷人。寫此文時正當少壯，也是寫作與評論發光發亮時，正當創作之夏燄，能言善辯，多才多智的他也是新《世說》裡王粲、孔融一般的人物。

〈氣味〉選自《迷路的詩》，寫高中時與同學將教官投入荷花池的記憶，用氣味連結，青春期的叛逆與執著，在一場惡戲中，跟同學合力奮力與教官一搏解決。寫出少年的血氣方剛，也寫出同儕的所要的情與義。在威權時期教官是校園權威的象徵，那敢於挑戰的，在勇敢、情義、驚恐與痛快中交纏不清，有甚麼比青春更暴烈，少年的心思像風一般，這些都透過不同的氣味曲曲傳達，如同楊照所言：「視覺是不可靠的，因為視覺是道德的」，而「嗅覺卻不管你甚麼道德不道德」。荷花池底淤泥的氣味，像教官一路追趕而來，只有以牛肉館的蒜香辣豆瓣醬香味對抗之，筆調這時轉成視覺的，南洋杉金黃的樹幹輝映著滿月的月光，金銀交織成超現實的景象。寫嗅覺的文章不少，卻沒這樣富麗。教官被教訓之後，對學生反而小心翼翼，讓年輕的自己充滿疑惑與恐懼。原來暴力那麼容易改變事實，而且有效，文後當時的詩充滿震駭與疑惑，多年後依然清晰。屬於男性的青春與暴力，反省與辯證，也是同樣令人震駭！

用感官來寫文章，楊照並非第一人，最有名的當屬徐四金《香水》寫嗅覺、劉鶚《老殘遊記》王小玉說書寫聽覺、卡爾維諾《看不見的城市》寫視覺；散文中多有寫視覺與味覺者，寫嗅覺的不多，如有也是美好的經驗居多，而本篇的嗅覺結合著叛逆、青春、暴動與懷疑，說明作者的感性與知性之交融與頑抗。

像我這樣的一個女子

李欣倫

自形體存在，
痛未曾消失。
痛是一種寄生於體膚的感受，
讓我們意識到自己確實存在，
存在於痛苦噬身的當下片刻。
或許這正是愉悅難以成就哲人的原因。

這樣

我不清楚有多少女子像我這樣。

想必不少。我母親曾經這樣，我妹妹也是，好在情況不嚴重。妹妹的男友的母親也是。妹妹前男友的表姐也是。我姑姑的女性朋友為此受苦了多年，治癒，復發，治癒，復發。我同班的十個女同學中，有兩個因為這個緣故來我家就診、拿藥。我的女友P曾因此住院。F曾為此就診而經歷了男醫生及女護士目光和手觸的不自在感受。C和嫂嫂都是。她嫂嫂的姐姐也是。她嫂嫂的姐姐的同事也是。

城市，鄉村，教堂，學校，郵局，菜市場，百貨公司，金融大樓。我和這些女子習慣將自己的心事隱藏在微笑和妝容底下。陽光街道，藍色泳池，麥色麵包店。我和這些女子彼此不認識，但這種痛苦的共通點將女子們隱隱紮成一束，紮成真正的生命共同體，也許只要有一女子悄聲開口，便發現她也是，她媽媽也是，或是她的誰誰誰的誰誰誰，也是。當電影裡的愛蜜莉站在高處俯瞰城市，猜想此刻當下正有多少對男女交歡，我也站在頂樓，思考這座城裡究竟有多少名女子正為此受苦。

「十五對。」愛蜜莉說。

「五十名，或者更多。」我保守估計。

那裡

這裡，女子們的姐妹情誼似乎漸成神話。女子畢竟也是人，終究逃不過人性的重力拉扯，彼此在職場、美麗、青春領地上競爭著、敵視著、嫉妒著。當種種文明產物撕裂了姐妹情誼的薄膜，似乎有種天然存在，將姐妹們重新糊成一隻堅強臂膀，那是痛苦，肉體的痛苦，精準地說，是那裡的痛。

主訴

第一次是在我大四那年夏天發生的。我去一家麵店上廁所後就感覺挺不對勁。廁所很髒，我以為被髒東西感染。接下來的一個鐘頭內跑了不下十次廁所。每次都只上一點點。一上完，那裡好痛，好痛，痛到踢馬桶和罵髒話。整夜，頻繁地上廁所，幾乎沒睡。那裡愈痛，我愈害怕。

隔天去掛號。醫生問我有沒有憋尿的習慣，我不好意思地點點頭。他說千萬不能憋尿，開了藥給我。服藥大約三兩天就痊癒了。

第二次是去年夏天。上廁所後覺得那裡隱隱發疼，有不好的預感。果然，劇痛來得突然，血尿毀了向日葵般的夏日，心情糟透了，除了吃藥和跑廁所外甚麼事都沒法做。兩個星期後以為痊癒了，和朋友開車去玩，沒想到突然復發，那裡似乎要爆炸，慘的是當時行駛在高速公路上，找不著廁所。尤其女友的男友在場，我不便多說甚麼，但臉色想必很糟。一下交流道，每見加油站、麥當勞必停車上廁所，大夥兒抱怨連連，還被同車的男性調侃，我痛得嘴唇發顫，虛弱地說不出話來，無力也無從辯解。

P與我的通話

好點了嗎？

嗯。

有告訴醫生過去曾經這樣？

有。

醫生怎麼說？

他問我記不記得當時醫生開甚麼藥。

然後呢？

我把上次沒吃完的藥拿給他看。結果他說，唉呀，這不能吃的。

真的嗎？可是當時我也吃同樣的藥。對了，還是我介紹妳去那家婦產科哩。

我也不清楚那是甚麼藥，只記得服用兩三天病就好了。

再也不痛了。

但醫生說，妳們就是亂吃藥才這樣，好像我們應該負全責。

說真的，我也不知道自己吃了哪些藥，反正醫生開甚麼就吃甚麼。妳在吃藥嗎？

悉悉蘇蘇的。

喝蔓越莓汁。醫生說多喝有幫助。

好喝嗎？

甜甜的。

像紅豆湯？

像紅豆湯。

像你男人的吻？

不像男人的吻。

他陪在妳身旁嗎？

走了。我告訴他不能做所以他回家了。

喔。有告訴他妳得甚麼病嗎？

沒有。

那時我也是，覺得很丟臉。

難以啟齒。

也許可以試著告訴他們。

怕他們噁心或嫌髒之類的。

還是蔓越莓汁好。

甜的東西給我們幸福感。

對了。煮車前草水喝也很有幫助。那陣子我每天煮一大壺當茶喝，頻尿的情況有改善。

好喝嗎？

不甜，但妳可以加糖。下次我煮車前草給妳喝。

好。謝謝。

F的來信（節錄）

Dear 欣倫

……像○○○這樣常見的疾病，在就醫的過程都讓我感到極度的羞恥，我想到了我的母親及朋友的母親，那些得過○○○的婦女們，對於她們來說，那或許跟張開喉嚨給醫生看一樣的容易，而我和我那些尚未婚嫁生子的女性同胞們，沒經過千錘百鍊果然不足以成為人母。

張開雙腿展示妳的私處供陌生人觀看檢閱，回答那些極其隱私的問題，原本以為，只有至親至愛之人才得以擁有身體那最珍貴的一部分，如今卻無條件地陳列在那個狹隘幽暗的空間裡。只露出一雙眼睛、白髮蒼蒼的老醫生，例行問著對他而言毫無意義、對妳而言卻如硫酸腐蝕肌膚的話語，以冰冷堅硬的鉗具伸入那因為恐懼而僵硬緊閉的深穴……。

那日就醫回家後，滿腹委屈地責怪自己，後來才知道原來○○○根本不用內診，但看都看了，只能無可奈何地後悔。我很訝異自己竟然有著「處女情結」，對於自己的身體有莫大的潔癖。我還沒生過小孩，以為身體不能為了另一個生命或其他理由，毫無防備地暴露在他人眼前。我始知當我在另一人面前完全赤裸，即使慾望如何狂亂地焚燒、催促著，還是需要一分相當大的信任來支撐。

生病是會讓人想很多的……

我身體現在好多了，但那種恐懼恐怕是很難抹滅的。

F

手記Ｉ：形容疼痛

關於痛，你可以想出多少形容詞？

像蟲咬的痛，刀割的痛，火灼的痛，棒槌的痛……

自形體存在，痛未曾消失。痛是一種寄生於體膚的感受，讓我們意識到自己確實存在，存在於痛苦噬身的當下片刻。或許這正是愉悅難以成就哲人的原因：愉悅取消肉身，意識無限擴張，與海洋、天堂連成一片，讓人想到熱帶水果或什錦穀片的種種美好。然而只需一點點痛，意識立刻從海洋、天堂的無限返回有限皮囊，痛楚迫你睜開雙眼，凝視當下，凝視劇痛，那一刻，你是失去理智、被自然法則綑綁的獸，但下一刻，也許就是為痛楚加冕的宗教家、哲人、詩人。如果能在痛楚嚙身的當下超越肉身，走出高熱、劇烈顫抖的軀殼，發現無論是愉悅還是痛楚，都是天堂的具象化，那麼，你是佛陀，是基督。

痛本身是一種如煙霧的存在，由真實與幻覺兩種材質紡就，當下，你以為地獄之火不過如此，一旦消失，卻無從記憶，無法言詮，更難再現，正如費爾南多・佩索亞(Fernando Pessoa)所言：「我僅有的痛感是自己一度感覺過痛。」

即使如此，我仍嘗試向你描述這種感覺——

矯揉做作之高知識分子的說法：如果月經是將下體往地心拉扯的混沌力量，這種莫名感受——能準確辨識病名遠在清楚地感受疼痛之後——帶著向上揮發的輕盈特質，起先只是以針尖輕擊、挑觸，濃厚的挑逗意味，漸漸是刺穿、割裂、爛剁。然後，我被無形巨手從仲春撕向冬至，一匹裂帛。排尿前，妳以為排尿足以解除疼痛，但要命的是排尿過後的痛才是主旋律，那蠻強的收縮和錐刺將妳奢華地演奏，妳的弦被病毒之弓恣意摩擦、震盪著，沒有甜蜜暈眩，竟是省略麻醉的殘酷清醒。妳夾緊雙腿試圖減輕疼痛，痛楚竟偽裝成稀有的高潮，硬是在妳的下體流連、沉吟，妳的喉頭發出哀鳴，忙不迭地討饒。少少的尿量喚起烈烈疼痛及深深恐懼，妳覺得自己是一塊扭不乾的抹布，霉霉潮潮地折返於廁所和寢居間，妳不要這種莫名所以、威脅就範的潮溼，但一切由不得妳，妳想排尿但無法排尿，不想排尿但身體逼迫妳排尿，妳不曾如此渴望又恐懼排尿。不尿，疼痛盤桓不去，尿了，痛楚變本加厲。尿與不尿，是個問題。

（不懂？不懂。就當作是女病人的歇斯底里吧。）

煙囂市井之小老百姓的說法：娘的，痛痛痛痛痛痛痛……痛死我了。

在痛苦戳穿肉身的片刻，無論是高知識分子、布爾喬亞、波西米亞、市井小民；無論你是統是獨，高呼中華民國萬歲或堅持台灣走出去；無論妳穿維多利亞的祕密還是菜市場三件一百的廉價內衣；無論說北京話、閩南話、客家話、原住民語，那一刻大夥能說出來的共同語言都是，痛。

令人感動。族群融合，天下統一。

Y的留言

誰告訴妳我得這病的？
那是很久以前的事，現在不想說。

手記II：疾病隱喻

病人竟也是一個符號。在十九世紀的西方，肺結核是文人之病，成為另一種服飾妝容：憂鬱氣質、瘦削身軀，難怪奧菲爾・戈蒂埃無法接受體重超過九十九磅的抒情詩人。蘇珊桑塔格以「靈魂病」形容肺結核，彷彿病毒寄生的不再是「向下沉淪」的肉身，而是「往上提升」的靈魂，也難怪西西在《紅樓夢》裡遍尋不著一名患乳癌的女子，在中國，「乳」象徵私密、禁忌，更別提乳癌了，這種女人病不會為女子增添嫵媚、風情，她身上的殘缺也是文學書寫的黑洞，作者不愛，讀者不憐。

尿道炎、膀胱炎更甚於此。我的閱讀有限，至今仍想不出一本女主角罹患此症的小說，或許這類描述對讀者是種懲罰，尤其是對男性讀者，那些血啊尿啊會讓男子們掩卷噁心。在我們的分類光譜裡，尿道、膀胱或許更劣於乳房，是女體建築裡下水道般的晦暗存在，當男子插入女身，於腦畔興奮遊走的是奶子、恥毛這類色情軟物，即使迅速在女子體內折返跑，他絕對不會喚出「陰道」這種彷彿婦科門診的語彙，更別說是膀胱、尿道這些足以叫慾望龜縮的器官名，那一刻，無論他以整個男性重量壓霸的是母狗還是女神，他以為她是有別於自身的美妙存在，即使那與慾望的出口如此相鄰，他甚至不知道她有膀胱、尿道、肛門（除非用得上），不知道此刻靜靜淌著淚的她不是為了同樣的歡愉而感動莫名，而是真正銷魂蝕骨的痛，那裡的痛。

那裡，寄居在我們下體。那裡，圈畫著女性之所以成為女性的戰地，那裡，是情色也是色情、是禁忌也是慾望的總稱，是市井俚語（他媽的屄）也是詩人讚頌（鮮露蘭花）的文字錦囊。然而，子宮早已獲得言語超渡，陰道也逐漸邁向文字解嚴，妳可以對戀人小聲地形容經痛，但始終無法訴說尿道發炎的委屈，因為連妳自己都無法順利地將這幾個字詞說出口。文化教養掐緊女人的脖子，我們說那裡、那裡，然而，在大多數的情況下，我們選擇不說。

「不說」即是尿道炎的象徵及隱喻：不能說，不願說，不敢說。和乳癌一樣，象徵及隱喻的缺乏正構成它的本質，它也許不指向罪惡、骯髒、汙穢，但它卻是體積龐巨的沉默隱喻，它的隱喻來自於隱喻的缺席。於是，血尿通過眼眶流出來，化成男子甚至連女子都不能理解的痛苦，而不是從嘴巴通過，化成無用的語言文字。

我成為病室牆上的一禎黑白照。睜眼，是廁所、馬桶、染著淡粉紅印跡的衛生紙。桌上，有藥丸、白開水、蔓越莓汁和車前草水。頻跑廁所的我將自信、自尊排泄地乾乾淨淨，痛楚將自己掏成空洞符號。沉默的女病人，妝裂了，夏日將逝，洪汛降臨。

——節錄自二〇〇四年四月十四日《中央日報・副刊》

作者簡介

李欣倫

一九七八年生，桃園中壢人。中央大學中文研究所博士畢業，現任教於靜宜大學台灣文學系。從小就十分喜好閱讀和寫作，身為中醫師的女兒，大量閱讀中藥相關文獻融入創作，曾獲聯合報舉辦文藝營之文學獎、時報文學獎、校內金筆獎、全國學生文學獎、香港中文大學主辦的「第一屆新世紀華文青年文學獎」等，著有散文集《藥罐子》、《有病》、《重來》、《此身》。

從早期的醫療書寫到疾病書寫，由溫婉轉向苦澀，對女性書寫早有自覺的她，更將創作的熱情延伸至女性與疾病書寫研究，為創作與研究兼長的新世代作家。

作品導讀

一個女子的日煩夜煩

女人一生與痛為伍，最能痛自己的痛。李欣倫寫女人的痛頗有為女性張言的意味。家裡開中藥房，大學時代就書寫醫療散文《藥罐子》，將中醫藥材與生活詩意作聯結，再加上對女性身心之體會與自覺，使她的散文具有高度的知性與反省。個子嬌小的李欣倫，長像很甜，個性也很甜，寫起文章卻有藥味與苦味。熱衷於研究疾病書寫的她，年紀在春季已有夏之烈，秋之味，對於女子身體與心靈之深切體會，使她的文筆既自省又自苦，六年級女生的早熟懂事，又懂得不露鋒芒，真是夏日解語花。

本文針對的疾病是女子的婦女病，尤其是尿道炎與膀胱炎，從女性的同體之痛開始寫起，以書信、手記、留言貫串，結構雖分散，卻有意識地將女性書寫的多元、散發表現無遺。由這些那些這樣那樣的點點滴滴，寫出女生難言之痛，因發炎引起的疼痛，多尿，而被封為多尿女王，朋友因內診引起的委屈與恐懼，妹妹發現衛生紙上的血不是經血，而以為自己要死了；女性生理的病症無奇不有，共同的是「痛」，痛死我了。每個人的痛無法比較，通常越敏感的，痛感也越強烈，後面集中在寫痛與疾病隱喻，痛是煙霧般的存在？還是具體的存在？是實體或被誇大的？如佩索亞所言「我僅有的痛感是自己一度感覺過痛」；非也，據研究女子的耐痛度比男性大多了，至少生產的痛是難以想像的具體存在。女性大半生在疼痛與流血的狀態，而女子卻是唯一能泰然自若流血的動物，而「不能說出來」，這裡面有更多心理的沉痛。一般人歌頌的女性青春，實際上與疼痛疾病夾纏不清。女性的生命夏季竟是由疼痛與隱疾構成，這種真相必須被指出。作者為女性張言：婦女病，作者不愛，讀者不憐。它的隱喻就是自身的缺席。作者從經驗到症狀主訴，歸結到理論，可說是散文女性疾病書寫的代表性人物。

本文用分題散寫的方式，剪接不同人物、不同症狀、不同面向的女子病痛，主要說明不管是這些人或那些人，只要是女人都難逃痛痛的天羅地網，看起來鬆散，但它與洪素麗〈苕之華〉（詳見本書頁一一九—一二八）類似又不相似，形式上是相同的，但意念上更富於女性自覺，與女性文體的自覺，強調多元散發的精神，而展現多采多姿的面貌。

北緯五度

鍾怡雯

時間和空間拉開距離。
因為離開，
才得以看清自身的位置，
在另一個島，
凝視我的半島，
凝視家人在我生命的位置。

1.

我從沒算過命。從前系裡一位同事擅長紫微斗數，家傳三代的算命之術具有精準的爆破力道，那神準和幽微，給算過命的人巨大的衝擊。命運被破解，個性被摸透當然令人震撼，那是老天掐在手心的祕密。人，而且是關係那麼遙遠的人，怎麼憑一張圖就能探得自己的天命？我的同事是好好先生，只要有空，來者不拒。他算過許多學生和同事，獨獨拒絕我。妳不用。我不死心，為甚麼為甚麼的老是逼問。直到這位聰明的好好先生離職，我始終沒得到正式答案。他總是用各種理由推搪。他不算我的命，而且不肯給理由。我對算命其實沒那麼強烈的好奇，倒是對不算我的命這事很感興趣。為甚麼？

那是八年前，他還沒離職。現在即使他主動開口，我也不想。這幾年來，我看到命運一點一點現形，失眠的時候，跟家人講電話的時候，處理事情的方式和情緒反應，諸如此類，點點滴滴。現形的命運跟自由有莫大關係。是的，是自由決定了我的命運。決定了，現在的我。我不需要算命，我的命運不要在他人之口說出，我要它在我的眼底現形。

高中時離家半年，因為受不了家的管束，受不了油棕園把我當犯人一樣囚禁在無邊無際的綠海，受不了溺斃和窒息之感，遂成為逃家的人。父親在家族裡找不到前例，找不到應對的方式，他最恐懼的，大概是不知道如何給他父親，我的祖父一個合理的交待。說到底，傳統華人家庭長大的男人對叛逆女兒無法可施。女兒竟然這麼難搞，尤其是大姐作的壞榜樣，底下那五個妹妹是要怎麼教？唯一的兒子怎麼辦？

當初我的反抗其實很單純，我嚮往油棕園以外的世界。我不要被綁在家裡。

父親不理解他這輩子的痛苦來自祖父有效的教導，聽從，順服，鍾家斯巴達式的家規。祖父的痛苦來自曾祖母的遺傳，如果我當乖女兒，那麼，我的下場就跟父親一樣：他嚮往自由，卻聽從順服祖父，遺傳曾祖母的瘋狂和極端，這些條件的組合成為父親的宿命。唯一一次的叛逆，是離開錫礦湖離開老家南下自立門戶。祖父罵了幾個月，說他沒出息，比不上坐寫字樓的大姑丈，也不如當警察的二姑丈。做粗工哪裡做不都一樣？跑大老遠幹嘛？

那年父親二十九歲，祖父藉酒罵人，酒後瘋言其實是內心話，他打從心裡覺得這唯一的兒子沒讀到書沒路用。父親離家是忤逆他。母親為此很不諒解祖父，他看不起妳爸，看死他一輩子不會賺錢，妳大姑丈坐 office 毋使曬太陽，二姑丈做馬打（警察）威水，轉來就買洋酒給他喝，妳爸沒鐳。哪有阿爸看不起自己仔喔！祖父早就返唐山跟列祖列宗團聚去了，母親說起來還是怒氣沖沖。

父親的自由意志可以伸展的空間那麼小，因為他沒讀到書，因為祖父要一個孫子。父親也想要吧，基於養兒防老的安全感，或者無後為大的老觀念。身為獨子的他連生六個女兒還有勇氣再賭一個兒子，以他的薪水和能力，七個小孩實在超出太多太多。我的農曆生日隔天，小弟出生當晚，從醫院回來的父親開懷痛飲。他舉起啤酒杯跟來賀喜的鄰居說，等了十二年，這個兒子。到底在慶幸喜獲姍姍來遲的麟兒，還是如釋重負，冷眼旁觀的我很想知道。

反正，應該，不會再有小孩在我們家出生了吧？其實我有點不確定，很怕有賭博紀錄的父親把賭性用在生兒子上，再兩年又妄想多賭出個兒子。那時候我十四歲讀初二了，還有小嬰兒出生可真的冇眼睇。那些八卦鄰居的嘲笑和嘴臉我真是受夠了。還好沒有。母親生小孩生怕了，何況她的身體狀況不允許。整個華人社會都要男生，難道沒女人男人們自個兒能繁殖嗎？堂嬸連生七個女兒，生到後來簡直把產房哭翻。馬來助產婆很疑惑，我們馬來人很喜歡女兒的，多生幾個可以陪父母，兒子整天往外跑，有甚麼好？

就是不好。從母親和堂嬸的激烈反應就知道。當年生在鍾家的女兒，尤其不好。

2.

從小我就喜歡往外跑，從新村、小島到油棕園，外面的世界永遠比較美。母親說我是野鬼。豈止，我還是孤魂哩，非常喜歡獨處。馬來助產婆說的話不準，女兒也有像我這種愛治遊的。我筷子握得高，快握到尾端去了，預言日後的遠走高飛。母親說女兒早晚要嫁，反正不住家裡，嫁遠嫁近沒差。筷子握高握低她不在意。高中沒念完我就想離家，跟父親激烈爭吵後把話說絕了，雙方都沒留餘地和退路，不得不走。

還好有那次的重要經驗作指標。離家的好處是，距離產生美感，跟父親沒有短刀相接，再見面時雙方都收斂客氣許多。短暫的離家經驗讓我打定主意，高中畢業之後，無論如何，不管三七二十一，我要走遠。最先想去倫敦。家裡沒人贊成，祖父知道我要喝洋水很光火，罵得昏天暗地。妹仔早晚要嫁人，讀那麼多書做甚麼。沒頭腦呀妳，去做工搵點錢，幫吓妳爸養幾個弟妹。罵完我訓父親，祖母沒有例外也被颱風尾掃到。

祖父才是一家之主，他是太上皇。

只好作罷。當時連我都不相信倫敦去得成，那麼貴那麼遠，比夢還飄渺。那麼，台灣總可以吧！機票錢不多我自己打工就有了。只買單程，我硬下心腸，打定主意沒錢回家就飄泊異鄉，沒甚麼大不了的。父親希望每一個女兒都獨立自主，我們家姐妹從國小就會自己跑銀行，開戶存款或領錢，管理自己的獎學金或紅包。國小三年級我跟妹妹三人坐火車去新加坡找三姑，住了快一個月再安全回到油棕園。六年級再跟兩個妹妹坐八九個小時的火車北返萬嶺老家看祖母，連祖母都說，妳爸這麼放心啊？小人走按遠他都不怕？大妹國中畢業跟三個同學自助環島旅行，用少少的錢走遠遠的路，父親二話不說就放行。他對小弟比較有意見。女兒當兒子養，兒子當女兒管，不知道小弟有甚麼感想？

從小出慣遠門，我不在乎走得更遠。當時對台灣一無所知，一心一意想離家，如果有人提供免費機票，非洲我也去。我的成績文商組全馬排第八，第一志願填下有公費可領的「吃飯大學」，省吃儉用應該不愁生活。很多年後妹妹才透露，當年我偷偷出國，不知情的祖父把父親罵得慘死。妳爸每天唉長唉短，妳媽也是，妳妹妹快煩死了。小妹提到這事，邊說邊嘆氣，當時她才小學三年級。阿姐妳不記得囉？那天妳要走，只有媽跟我坐 bus 把妳送到火車站。妳提一個很大很大的皮箱上火車，都沒有跟我們揮手，好像不想回來了。

我不記得。為何小妹記憶如此深刻？為甚麼我偏偏忘記離家細節遺失關鍵時刻？我只記得在新加坡樟宜機場上機，那個大皮箱如何提上公車，再坐火車，過新柔長堤，我又是怎麼一個人把它拖到樟宜機場的，這些那些，竟然徹底在我記憶消失。看起來像刻意遺忘。我要再多一點細節。小妹很訝異反問，真的假的，妳一點都不記得？

可見我有多麼想離家。老天爺也希望我走。出國前從沒中過彩票的父親中了馬幣五千元，他給我三千，那是我高中畢業之後，唯一一次伸手要錢。為了自由。父親不知道那三千元對我的象徵意義，那是自由的本錢，日後他跟女兒得以彌補裂縫的代價。若非遠走，我們的摩擦大概會讓彼此體無完膚，老在淌血的傷口會流膿出水，新傷舊傷反反覆覆永遠好不了。最後，成為殘疾。

幸好。

父親把一疊沉沉的馬幣放到我手上的鏡頭，多麼歷史性。我凝視，我低頭，對命運合十。

3.

時間和空間拉開距離。因為離開，才得以看清自身的位置，在另一個島，凝視我的半島，凝視家人在我生命的位置。疏離對創作者是好的，疏離是創作的必要條件，從前在馬來西亞視為理所當然的，那語言和人種混雜的世界，此刻都打上層疊的暗影，產生象徵的意義。那個世界自有一種未被馴服的野氣。當我在這個島凝望三千里外的半島，從此刻回首過去，那空間和地理在時間的幽黯長廊裡發生了變化。鏡頭一個接一個在我眼前跑過，我捕捉，我書寫，很怕它們跑遠消失。我終於明白，為何沈從文要離開湘西鳳凰，才能寫他的從文自傳。

有時我只看到時間的折痕，在折痕裡看見難以改變的宿命，來自遺傳和血緣。譬如頭瘋，看見了也無濟於事。我們家代代皆有gila之人，馬來文gila指瘋子。瘋狂的基因是鍾家的遺傳，從廣東南來的曾祖母吸鴉片屎，她本來就個性古怪，祖父和父親都得她幾分真傳；我的表叔從青年起便關在「紅毛丹」（瘋人院）關到現在，上回出來後把他老爸鋤死，沒人敢拿自己的命開玩笑再放他出來；三姑在我小學時住過精神療養院。大姑的獨生子，我那長得像混血兒的萬人迷表弟，二十歲出頭便進了精神療養院，十幾年了時好時壞，大姑心疼唯一的兒子，千里迢迢把他送到澳洲醫治。兒子的病沒好轉，反倒是她在六十二歲之齡得了憂鬱症。二姑就更別說了，一家四口簡直被下降頭一般。她三十歲左右出車禍之後精神狀況不穩定，五十歲鬱鬱而終。如今她的兒子也是，唉！

這種隱形的威脅讓人很沒安全感。生命的陰影無所不在，即使逃到天涯海角。我恐懼，可是我得克服它。野大的生命，老大的特質。以前村裡的混混每回跟人吵架吵輸拉不下臉便說，爛命一條，嘣啊？有時我也用這種語氣，你給我試試看？很賭爛。

可是面對時間，賭爛無用。前年我回油棕園和萬嶺新村去，白頭宮女的心情。所有的物都抹上時間的光暈。房子老了，椰子樹、紅毛丹、芒果、酸仔還在，連油棕樹上的蕨類都變少。樹木亦有暮年之人的形色，像祖父祖母大去前那種缺乏潤澤的枯竭之感，我因此知道生命會變輕靈魂會變薄，為了死後便於遊盪的緣故。

過往之物是時間的廢墟。

油棕園那條唯一的對外道路還是黃泥路，文明的風暴沒有掃進這裡，也沒有掃進萬嶺新村，相反的，它們跟時間背道而馳，一種被遺棄的落後和老舊。萬嶺新村甚至連火車站都拆掉了，因為錫礦開採完畢，村民失去生存的依靠，遂成為跟我一樣的離鄉之人。再沒有誰需要坐火車返家了。

過往的世界遺棄了我，我卻在文字裡重新拾起。World lost, words found，《作家身影》片頭說的。那天離開油棕園時，依然是我極為厭惡的久未下雨的場景，黃塵滾滾。父親的車快速駛離，我的腦海忽然出現一段久違的旋律，當年校車的馬來司機最愛播的 Take me home, Country Road。歌詞裡的 Virginia 州在哪我不知道，最遠的外國我只到過新加坡。我用油棕園那條水牛洗澡的溪水想像歌手吐出的 Shenandoah River，同時聯想起音樂課唱的印尼民謠 Bengawan Solo，那梭羅河長甚麼樣有沒有兩點麻雀？清晨昏暗天色裡，聽那充滿時間質感的滄桑男聲在唱：dark and dusty, painted on the sky / misty taste of moonshine, teardrop in my eye，看不見的未來哪。遂有一點欲淚的悲涼。

此刻，我的未來已經慢慢成形，我無淚，反而悠悠的想起另外一段歌詞：

I hear her voice in the morning hours she calls me
Radio reminds me of my home far away
And driving down the road I get a feeling

That I should've been home yesterday

彷彿，才昨天，還在北緯五度。

——《野半島》，聯合文學

作者簡介

鍾怡雯

廣東梅縣人，一九六九年生於馬來西亞。台灣師範大學國文研究所博士，曾任《國文天地》主編，現任元智大學中語系教授。曾獲時報文學獎散文首獎及評審獎、聯合報文學獎散文首獎、九歌年度散文獎、梁實秋文學獎、星洲日報文學獎散文推薦獎及首獎、新聞局圖書金鼎獎。著有散文集《河宴》、《垂釣睡眠》、《聽說》、《我和我豢養的宇宙》、《飄浮書房》、《野半島》等。

作品導讀

反覆無常的南國之陽

生於野半島，長於野半島，少小離家，中年回顧母土，鍾怡雯似乎找回自己野生的創作活力！

她是個古靈精怪的大女孩，講話很急，常會跳 tone，說的是身體的病痛與怪夢連連還有貓女兒，卻好像講他人之事，她有疏離於自我的本領，怪不得在人生的夏季，生命力正旺，並放射光芒，鍾怡雯在年近四十時，書寫生長所在的「野半島」，淋漓盡致展現生命之瑰麗圖形，回應了「原始經驗是創作力之迴聲」的說法，語言新豔，筆法潑灑，超逸中文系散文古典溫婉的框限，而有新視野新景象。只有她的烈，寫出了夏之豔。

〈北緯五度〉是《野半島》的序，算是講自己的鄉愁較完整的一篇，從算命談到「我不需要算命」、「我要它在我的眼底現形」，已然說明自己離鄉是種宿命，從極傳統的大家庭出生，身為長女，如何殺出油棕園，獨立、逃家，練習遠行、怕被綁在家裡，害怕自己身上流著瘋狂的血統，她終於逃離，卻選在十幾年後才回顧那個業已枯寂的野半島，因為隔著時空，而有著疏離的詩意，彷彿回憶著前生，又彷彿凝視原始自身，是從漢文化的邊陲地帶，回顧更為邊陲的僑民生活。邊緣比中心更傳統，複製的傳統已然僵硬，還好接近赤道的原始叢林，生長著張牙舞爪的野火花，也生養了傳統的變異與反叛者，這能夠潑灑生命的野火花，終於在文字中開出燦爛的花朵。有甚麼夏季比北緯五度更夏季，有甚麼樣的瘋狂比叛逃更瘋狂。移民的離散書寫中除去困，就是逃，聶華苓《桑青與桃紅》的逃，張愛玲《浮花浪蕊》洛貞的困，逃比困好得多。文末以一首英文老歌作結，唱的也是逃離。

作者大量使用「雜語」以顯其野，混合著國語、馬來語、客語、英語，一種語言的嘉年華，也是懷鄉散文的嘉年華。

欣賞此類文章應從移民的流動與離散的觀點來剖析，討論其文體是否也呈現邊緣文體的多元、散發與流動，與漢文學中心書寫的一元、集中、穩定大大不同，在此多元社會，多關心多元文化與觀點，也多關心新台灣之子，讓心靈更為鬆動自由，豈不美哉？

鷺鷥潭已經沒有了

季季

整天伏在竹床上寫作，
確是單調孤獨的，
但組合那些文字，人物，表情，慾望，
從無到有或從有到無，
常常只是一念之間；
或甚至只是一瞬之間。
寫作的過程，奇妙得像玩魔術，
神祕，緊張，刺激，怎會枯燥呢？

1.

早春的清晨還有一層淡灰的薄霧。父親陪我走出家門。三分鐘到派出所對面，在堂姊夫開的小店前等車。

從永定坐台西客運到西螺，十分鐘。

轉公路局汽車到斗南，二十五分鐘。

在斗南火車站坐縱貫鐵路慢車到台北，七個小時。

父親給我一隻鄉民代表會送的咖啡色提袋，裡面放了一支鋼筆，一篇剛寫好的小說〈一把青花花的豆子〉，一本筆記本，一疊稿紙，幾本書，以及裝在信封裡的二千元。

火車內人不多，我把裝了幾件換洗衣物的紙箱放在座位旁，左手擱在紙箱上，右手緊抱著提袋，很快就睡著了；昨晚我興奮得幾乎沒睡呢。

下午四點到達台北火車站，坐三輪車到徐州路的台大法學院。馬各和門偉誠在那裡等我。

「報名都快截止了呀！」馬各焦急的說。

我趕緊去報名，選了三堂課：修辭學，英文文法，理則學。辦好手續，法學院的紅磚樓房已沉浸在淡金的暮色裡。

「妳今晚住在哪裡？」門偉誠關心的說。

「還不知道呢！」我說。

「那就住我家吧！」她說。

那天是一九六四年三月八日。我與馬各、門偉誠第一次見面。門偉誠和我同年，一九六三年育達商職畢業，沒再上大學，以第一篇小說〈湖上〉獲得《文星》雜誌小說徵文第一名。我讀虎尾女中高二時獲《亞洲文學》小說徵文第一名；高三畢業，為了參加文藝營而放棄大學聯考，但在文藝營結業時獲得小說創作第一名。馬各則比我們年長十多歲，那時在《聯合報》做編輯；已在高雄的大業書店出過一本散文集《遲春花》；在台南的新創作出版社出過短篇小說集《媽媽的鞋子》和散文集《提燈的人》。一九六三年四月二十三日林海音因「船長事件」被迫離開聯副，馬各曾代編兩個多月；門偉誠和林懷民都是當時的作者。懷民那時讀台中衛道中學，父親林金生是雲林縣長，放假日他回斗六，偶而約我去縣長公館聊天聽古典音樂；馬各、門偉誠、隱地，都是他的筆友；通過他的介紹也成為我的筆友。

選擇三月八日婦女節到台北，後來被一些人解讀為女性意識的出發。作為女性，怎麼會沒有女性意識呢？然而最確實的原因很單純：那天是台大夜間部補習班報名的最後一天。

2.

門偉誠家住通化街一四〇巷的通化新村。她父親是陸軍中校，在國防部上班，分配的眷舍只有一個大通間，放了四張床，一家六口同住，另在外面搭個棚子炒菜做飯。她那時在大直海軍總部做接線生，下了班忙著談戀愛看電影，總是很晚才回家，沒再寫小說。

到台北的第二天，我就把〈一把青花花的豆子〉寄給《皇冠》；一九六三年十一月在《皇冠》第一次發表小說，這是第二次投稿。通化街有二十路公車，我每天搭去衡陽路，然後穿梭在重慶南路的書店之間，站著享受免費閱讀。台大夜補班的課一周三天，站著看書站累了，我就走到省立博物館，坐在那棟古樸典雅的維多利亞式大樓的台階上，看人，看風景，胡思亂想要寫的小說，時間差不多了就穿過新公園，漫步到徐州路的台大法學院上課。

過了一個多禮拜，馬各說已託他的房東太太幫我找好了房子，三坪大的房間一月二百元。我去通化街口買了一張竹床，請老闆讓我和這張床一起坐他的馬達三輪車，搖搖晃晃到了永和鎮竹林路十七巷十三號；房東一家四口住樓上，我住樓下前面的單間，後面是浴廁、廚房和餐廳。馬各和他的同事韓濟住在對面巷，鄰著打造了竹聯幫威名的勵行中學與溪洲市場，房東張先生一家是上海人。我去市場買了一些日用品，馬各和韓濟來看了之後說，「沒有椅子，坐在哪裡寫？」回去合力搬了一隻有扶手的籐沙發椅給我。

坐著那隻籐椅，伏在竹床書寫，我的職業寫作生涯就那樣開始了。三月三十日到四月十九日，在《中央日報》副刊發表了三篇小說；五月一日出刊的《皇冠》登出了〈一把青花花的豆子〉；五月十六日又在《中央日報》副刊和《中華日報》副刊各發表一篇小說；六月十九日，《皇冠》的平鑫濤先生與我簽了五年的基本作家合約；見證人是瓊瑤。那份合約書，是平先生親自以鋼筆寫在五百字一張的《皇冠》稿紙上，薄薄的兩張，八項條文，力透紙背，大約七百五十字。

七月號的《皇冠》，正式公布了基本作家辦法：「說得具體一點，這辦法有些類似歐美的經理人制度，站在作家的立場上，為他們作一切最好的安排。使他們把一切困擾，交給我們，使他們可以把整個心力，溶匯入作品；我們也將邀請基本作家們定期小聚，或野餐，或郊遊，或茶會，或彼此交換心得……如果有生活上或臨時的需要，我們願意預支稿費及版稅。」平先生讓我每月預支六百元稿費，付了房租還有四百元吃飯生活。

《皇冠》公布的第一批基本作家，共有十四位：司馬中原、尼洛、朱西寧、季季、段彩華、茅及銓、桑品載、高陽、張菱舲、華嚴、馮馮、魏子雲、聶華苓、瓊瑤。他們不是已享盛名就是文壇前輩，只有我未滿二十歲，只發表了幾篇小說；而且是唯一的台灣人。這種機緣和幸運，是我離開永定來台北時，未曾夢想到的。

3.

永定村的李家是大家族，族人密如蛛網。像我這樣讀完全縣最好的省立女中，不考大學也不出去做事，常有熱心親戚來家裡說媒，不然就是一出門碰到三姑六婆，一個個雞婆的問道：「啊妳每日在家寫甚麼啊？」眼睛直愣愣上下打量，彷彿我在家做著甚麼不該做的事。

在家寫甚麼，哪裡說得清楚呢？小說寫的，不就是人世的牽牽絆絆，說也說不清的一些事嗎？如果說得清楚，也就不必字字書寫了啊。

一九六四年二月下旬，我在報上看到台大夜間部補習班的招生廣告，遲疑到三月初，把那張廣告以及發表過和未發表的小說拿給父親看，對他說想再去台北讀些書，自由寫作維生。父親十四歲就去東京讀書，比我更早就走得更遠。他理解了我，立即答應了。父親是六兄弟的老么，在東京有兄長族親照顧；我是父親七個子女的老大，決定到台北的那天，還不知道晚上住哪裡呢。但他放心的讓我走出永定的蜘蛛網絡，去到陌生的台北都會，做一個自由的人，一個自由的寫作者。

在台大夜補班修的三門課，最吸引我的是自由主義大師殷海光教的理則學。殷先生那時是台大哲學系教授，四十五歲，滿頭灰髮，穿著白襯衫米黃長褲，教室講桌上頭懸著一支細長的日光燈，照得他的身形愈顯瘦小。他說話急促略帶金屬聲，講課時不苟言笑，神情有點疲憊，下了課收起書本就走，大概覺得我們只是慕名而來，並非真的想鑽研學術精髓。殷先生娓娓而談的那些演繹，歸納，論證，邏輯，雖然條理明晰，我卻總不能專心聽進去，漸漸感覺枯燥，一個多月後因為去文星書店上班，就沒再去上課了。可見要做殷先生的學生，也得要有些慧根啊！

不久殷先生開始受政治迫害，一年多以後離開台大；一九六九年因胃癌辭世。然而我始終懷念著日光燈下娓娓而談的殷先生的臉孔。他教的那些理論雖然枯燥，卻讓我學會用邏輯的眼光看待人世；演繹，歸納，論證，不致因迷惑而軟弱。

那是我最大的收穫。

4.

「難道整天寫作妳都不覺得枯燥嗎？」

是的。那時的我的生活，除了寫作，再沒有更讓我覺得入迷、刺激、有趣的事了。而且皇冠有時安排聚餐或郊遊，可以和那些前輩作家吃飯聊天，聽一些我所不知道的文壇掌故，那種樂趣也是從寫作衍生而來的。有一晚我們在新台北飯店聚餐後，散步去附近的聶華苓家聊天，那時她和媽媽及兩個女兒住在松江路的《自由中國》宿舍。閑談之間，才知道曾與她在《自由中國》共事的殷先生，結婚前就和她們同住在那棟日式房子裡。如果不是因為寫作，怎能發現這種因緣巧合呢？

整天伏在竹床上寫作，確是單調孤獨的，但組合那些文字，人物，表情，慾望，從無到有或從有到無，常常只是一念之間；或甚至只是一瞬之間。寫作的過程，奇妙得像玩魔術，神祕，緊張，刺激，怎會枯燥呢？

我租的房間，面對一道老舊的暗紅磚牆，牆縫裡密生著毛絨絨的青苔，牆頭攀出手臂粗壯的茄苳枝椏，偶有麻雀家族在枝頭吱吱喳喳道東說西，此外沒有任何人來問我每日在家寫些甚麼。那種自由的感覺，是一種神奇的力量，有時早上起床開始寫一篇小說，中午去永和豆漿旁邊吃麵，就把寫好的小說投入路口的郵筒；過了一個禮拜，小說就在副刊登出來了。

那時十七巷巷尾住著曾在南京辦《救國日報》的龔德柏先生，有時我拿著信封出門，看到他也拿著一個信封，仙風道骨飄然而過，大概也是寫好了稿子要去投寄吧？他那時已七十多歲了，一把灰白美髯配銀髮，穿一襲深藍長袍，一雙黑布包鞋，低著頭，心事重重的往前走。他慢慢的走，我慢慢的走在他的後面。他不知道身後的我；我是在重慶南路書店免費閱讀時，從作者簡介的照片認出了他。等他把信封投入郵筒轉身走了，我才去投入我的信封。一個可敬的、筆耕數十年的長者，沉默，而且陌生。然而走在他的後面，每一次我都有一種追隨者的孺慕與感動。

5.

我們嘻嘻哈哈去坐往宜蘭的公路局，到小格頭那一站下車。越過山坡穿過樹叢跨過斷崖，二十八個人沿路唱歌說笑聊天。忽高忽低跋涉了兩個小時，汗水淋漓的抵達了北勢溪上游的鷺鷥潭。林懷民、丘延亮、桑品載、蒙韶、楊蔚、王榶生等會游泳的，都光著上身穿著內褲跳入了溪裡，一時水聲喧嘩水花四濺。不會游泳的朱西寧、劉慕沙、司馬中原、魏子雲、段彩華、蔡文甫、瓊瑤、王令嫻、張菱舲、朱橋等人，坐在河灘上繼續唱歌聊天。清澄的溪水在五月的陽光裡綠得發亮，雪白的鷺鷥在松林間悠閒飛舞。鷺鷥潭，一個白得最白綠得最綠的幽谷，在那裡，二十歲的我，要結婚了。

《皇冠》主編陳麗華和發行部的楊兆青，在河灘上鋪了兩條塑膠布，撿了幾個石頭壓住，然後從籃子裡拿出餐點、草莓酒、杯子、結婚證書等等。為我安排婚禮的平先生，在一旁細心的檢視，把桑品載舉了一路的兩支包了紅紙的竹筒分插兩旁，慎重的點起了紅燭，然後以主人的身分開始分配任務：男方主婚人魏子雲、女方主婚人瓊瑤；證婚人朱西寧；介紹人段彩華、張時；男女儐相王榶生、張菱舲；司儀桂漢章。

「喂，要開始囉，」平時溫文優雅的平先生，對著溪裡幾條好漢扯開嗓門大喊：「你們趕快上來啊！」

一九六五年五月九日下午一時，好漢們的上身映著水光，內褲還滴溜著水珠，我穿著一件金黃底色斜插幾枝鮮紅玫瑰的無袖洋裝，捧一把沿路採來的金黃馬纓丹，赤足站在瓊瑤與張菱舲之間。新郎楊蔚站在魏子雲與王蓀生之間。朱西寧站在我們六人的中間。於是司儀開始唱名，證婚人致辭，介紹人說些無關事實的介紹辭，主婚人致謝辭。然後司儀大聲說道：「新郎新娘喝交杯酒！」於是我與《聯合報》記者楊蔚，轉過身子，舉起杯子，喝了我們的交杯酒。

午後我們又跋涉兩小時，到小格頭坐公路局回台北。傍晚回到永和中興街，買了半個西瓜。吃完了西瓜，我們就累得睡著了。

那天是在綠島坐過十年政治牢的新郎的三十八歲生日。沒有生日蛋糕也沒有結婚喜宴。他的老家在山東，與家人音訊斷絕。我的老家在雲林，爸爸來信說，結完婚帶回來見見親戚，一起吃頓飯吧。爸爸與我們一樣，都不喜歡喧嘩的婚宴。

6.

一九七一年，鷺鷥潭繼續白得最白，綠得最綠。
秋天來時，帶著兩個孩子，我回到了永定，結束了婚姻。
一九八七年，翡翠水庫完工，北勢溪上游沉入庫底。
鷺鷥潭已經沒有了！

——《寫給你的故事》，印刻

作者簡介

季季

本名李瑞月。生於一九四四年，台灣雲林人。一九六三年省立虎尾女中高中畢業後放棄大學聯考，赴台北參加文藝寫作研究隊並獲小說創作第一名。次年三月到台北做職業作家後即定居台北，早年為皇冠雜誌社簽約之第一批基本作家，專業寫作十四年。曾獲救國團全國青年創作比賽第三名，救國團散文獎，九歌出版社《九十三年散文選》年度散文獎，多次應聘為聯合報、中國時報、自由時報林榮三文學獎評審委員。曾任《聯合報》副刊組編輯、《中國時報》副刊組主任兼〈人間副刊〉主編、時報出版公司副總編輯、《中國時報》主筆、《印刻文學生活誌》編輯總監等職，二〇〇五年自中國時報退休。著有小說《拾玉鐲》、《屬於十七歲的》；散文《攝氏20–25度》、《寫給你的故事》、《行走的樹》、《我的湖》；傳記《休戀逝水——顧正秋回憶錄》、《我的姊姊張愛玲》（與張子靜合著）等十八冊。主編年度小說選、年度散文選、時報文學獎作品集等文集十餘冊，編輯經驗豐富。

作品導讀

歲月宛如阿修羅

當創作與戀愛與奮鬥結合，那是一個如何光輝的歲月，恐怕是難以追回的夢的頂端！

季季於高中時期開始寫作，很早即以小說知名，在寫作上、編輯上經驗豐富，閱世閱人俱深，寫起文壇掌故與名人傳記，繪聲繪影，善於透過對話、動作刻劃人物；文字凝鍊。早期作品多以愛情故事為主題，反映了早熟少女的心理情態，表現上則深受現代主義文學的影響。七〇年代以後，文風轉趨寫實，作品的關懷面也逐漸擴大，反映台灣社會變遷中道德的失落與自私卑鄙的人性。十九歲為寫作離鄉，又早早結婚，寫作之路曲曲折折，婚姻之路並非順遂，但她的堅毅獨立，成為文壇母者、強者。為文人作傳，談文藝掌故，皆生動深入，可說是新《世說新語》的撰寫者。

本文寫六〇年代離家的文藝少女，純文學的黃金年代，浪漫天真的少女在眾多作家的祝福下，在鷺鷥潭的夢幻婚禮，幾十年的往事，作家用快筆淡筆帶過，如電影的快轉，結在鷺鷥潭的消失。一下子的落空，讓人惆悵不已。對於作者來說是人生的高點，浪漫的頂點，如同盛夏的豔陽，而那是春夏之交，二十八個作家文人汗淋淋，「清澄的溪水在五月的陽光裡綠得發亮，雪白的鷺鷥在松林間悠閒飛舞」，當時的情景如在眼前，時移事往，仍是令人追懷不已。人一生做對一件事就夠了，那將讓人無悔無尤；人一生也只要做錯一件事就夠了，那將留下永不磨滅的痛。這樣的經歷聽季季用不同方式說過，每次都會震動。對寫作如此熱愛的作家，只能說用生命書寫，也書寫生命自身。

分段跳接的寫法留下許多空白，在欲言又止中令人想到作者的生活的陰影，在文學的黃金時代，對照著如今文學的蕭條。屬於那時代的人擁有記憶，現在人只有追憶。如阿多諾所說的，一切的光暈消失，人們再也沒有真實的經驗，只剩下大同小異的經歷；在失去記憶之後，也只有追憶了。這篇文章有美的經驗，真的記憶，怪不得令人一再追憶。

本文是敘事的巧筆，將往事與現在作為對比與跳接，一種悵惘，兩樣心情，年輕對於任何人來說都不遠，但也很遠，作者的文筆雖淡，然記憶如畫，如電影，充滿戲劇性，對照今日的空白，人事與景物皆非，令人慨嘆！

本城女子

林黛嫚

到了三十而立的年紀，
我過著自己正敘述的生活，
綾還在那沉溺得即將發酵的愛情中，
等待結果；
湘則剛結束一段短暫婚姻，
繼續那無止境的追逐遊戲。
「幸福」這個辭彙，
不知哪種人有幸匹配。

每天睜開眼睛最先看到的是兒子澄澈晶亮的雙眼。

事實上是他喚醒我，他的生理時鐘在六個月大時便已調整好，總在近九點時，他開始哼哼唧唧輾轉反側，然後長針短針的角度校正了，他驀地睜開大眼睛，和我雙目相對，立即他笑開了，看見母親的安全感讓他的一天有個愉快的開始。我也是，尤其是他隨後清楚地一聲「媽媽」。他才十個月大，「媽媽」是他擁有的四個辭彙之一。

我的生活習慣一直在變，就以就寢時間來說，同樣是求學時代，從念國中時——九點一到就被像趕鴨子樣吆喝上床，往往很痛恨錯過那些精采影集——隨著學歷升高往後延，一直到進入新聞界工作，不須早起的職業型態，使我和床鋪的約會幾乎要與旭日東昇交接。相對於就寢，起床時間也順延，而維持近午起床也有好幾年。

這一年的生活型態卻變化更鉅。

對於受過高等教育，接受新式資訊較一般人快速的我來說，要不要婚姻、要不要兒女的掙扎，糾纏已久。親近的好友、同事當中，「單身貴族」、「頂客族」、「離婚族」都有，所有不婚或不要子女的說法都振振有辭，能說服我，然而我性格中怯於（或說懶於）與命運對抗的特質，終於在水到渠成的情況下與相交七年的男友步入禮堂，並在三年後產下一子。

結婚前我對他表示，希望生活不要因婚姻而改變。由於夫妻兩人擁有完整的小天地，以及另一半經常出差外宿的推銷員職業，我的堅持不須面臨考驗，我仍然能夠享受放縱的樂趣，像任何一個城市女人，日上三竿才起，對擠上班車潮的人們嗤之以鼻；吃遍大台北個性餐廳的商業午餐，如常春藤的午餐隨物價指數從一百五到一百八到兩百，我們都參與其中；以及下班後排擠夜色的唱KTV、PUB喝酒，或是午夜場電影，子夜時分散場，百貨公司外的長廊尚有一整排地攤的精美正品等著我們掏荷包；也可以一時興起，駕車上馬槽日月農莊洗溫泉，再走陽金公路回台北，或是轉上濱海公路，去南方澳的漁港等日出，路再遠、夜再深都無妨，我們得天獨厚不被時間追趕。即使挺著大肚子，我仍能持續一年一度的海外旅遊。

直到兒子出世，我不得不與過去的日子告別。

首先是婆婆搬來同住，兩人世界陡然擴張一倍。

事實上，婆婆的生活轉變也很大。她離開居住三十多年的古厝，離開街坊鄰居熟悉的村落，離開日出而作、日入而息的農事，總之，她驟然丟棄五十年如一日的生活圈子，投身完全陌生的城市。

說起來，婆婆這位性格堅毅的傳統女子適應力比我強多了，她迅速融入這個新環境。我們住的八十戶小社區，兩年了，我連樓上樓下的鄰居面孔都不熟，遑論他們的職業、家人，她卻幾個月就能四處串門子，建立起自己的人際關係。

對於城市生活，她能接受一客幾百元的西餐，生冷的沙拉和附餐咖啡都入境隨俗，卻也能在家中整治台式的四菜一湯；她穿我在百貨公司買的數千一件襯衫，卻也自己在市場小店買八百的套裝，她知道除兒子正用著的片型紙尿褲，還有新推出的褲型紙尿褲，她還知道百勝客的披薩正在買大送小促銷；她不識字、不會說國語、記不得家中住址，但能一個人從車站叫計程車拐過彎曲巷弄回家來。對照每年春節回夫家古厝，我只待一天一夜，卻對處處不便的鄉居視為畏途。

婆婆唯一不能與城市生活苟同的習慣，是黎明即起，縱然近午時有些困倦，她也只會在沙發上打盹，她的觀念是早上睡覺對身體不好。於是婆婆清晨起床，慣常去爬遍附近小山前，便將與她同睡的孫子，抱至我的臥房來，讓我一天開始與兒子同步。

午餐之前，我與兒子遊戲，婆婆收看重播的閩南語連續劇，看見她專注的神情，我這才知道上午節目存在之必要。

兒子從酣睡二十小時到能坐能爬，到牙牙學語，一步一步順著《育兒指南》的發育程序，如今他能扶持站立，會揮手再見，尤其擅長電視機、電燈、電鈴的開關。往常我擁被晝寢的上午，成了與兒子奮戰的晨間運動，他爬，我跟著爬；抱著他下樓散步，在他抓落一片樹葉時，告訴他，這是樹，這是葉。對一個夜行族來說，上午的陽光睽違已久，午後人們的活動多麼疏離！

因為兒子，我和社區警衛熟了。他們識得兒子，然後才識得我，輪班警衛的第一句台詞都是——噢，這是妳兒子呀，然後逗逗兒子飽滿的臉頰，問他，阿媽呢？婆婆和兒子先深入這社區，然後才是我。不光是警衛，每位鄰居都是，啊，我認得妳兒子，阿媽呢？我在這個城市居住十幾年，搬遷過數次，卻從未認識這麼多鄰居。

因為兒子，我知道：哪一戶人家搬來又搬走；哪一戶房子要出售，售價幾何；社區外的公園正在破土；蓋這社區的建商又在鄰居預售一處社區。從前我不屑一顧、尋常百姓的生活瑣碎正一點一滴滲入我的生命。

因為兒子，我不再睡眠不足地趕早場電影，不再以盛裝心情赴精緻的午餐約會，不再為健美身材跳韻律舞。公事之外的應酬儘量推卻，我寧願看著王家三歲的偉偉與兒子握手，陳家兩歲的恬恬與兒子揮手說再見，我正從一位追趕時代潮流的新女性蛻變為甘於平淡的家庭主婦。

午餐之後，婆婆有午間閩南語劇集打發時間，為此，我曾寫信給三家電視台，感謝他們服務如婆婆般只對市井小民的悲歡感興趣的小眾。

平常日子，我下午上班，與兒子要隔天才能見面，當我下班後，他通常在我不能參與的睡夢中優游。若是假日，在外奔波一週的先生加入我們的生活行列，偶爾舉家出遊，近郊的陽明山、木柵動物園、碧潭、外雙溪……消磨過幾個下午，但大多時候是做個忠實的電視族。

假日從先生與胡瓜的「百戰百勝」開始。我曾數度抗議他如此虛度一個難得的假期，和兩口子逛街、看電影、吃麥當勞，或淡水看落日、基隆廟口吃海鮮的日子比起來。先生因此在他可作為都市白領階級代表的辦公室做過「民意調查」，題目是「星期天你們做些甚麼？」結果在家看電視占七成，偶爾才有訪友、踏青的「特別」活動，對於這樣的答案，我還能說甚麼？

他手持遙控器，癱在沙發裡，兩眼平視二十八吋的閃爍世界。隨著綜藝節目主持人的笑話，回以哈哈大笑。他曾說並非真喜歡看這類節目，只是在衝鋒陷陣、辛勤工作一週後，看些不傷腦筋的電視，有益身心。我則在另一座沙發裡，有別於辦公室匆匆瀏覽，而因一大片空閒，鉅細靡遺地讀起報紙、雜誌來。

有時和婚前的閨中祕友電話敘舊。

綾與湘是專校同學，畢業後共同賃屋而居多年，情誼遠勝姐妹，從我率先結婚，打破三人行世界後，我們的生活不再並行，只能在聊天中用言語形容生活。

綾是我們之間感情最早安定下來的，她一向眼高於頂，高瘦的身材，臉部輪廓明顯，深深的眼窩、厚而翹的唇，很有幾分費唐娜薇的性感，這是她把異性視為「阿貓阿狗」的本錢，可是當她碰到生命中的第一個男人，就毫無抗拒能力拜倒。別看綾有世故、超齡的外貌，其實是未曾蒙塵的明鏡，邱帶著她從天真的少女成為飽經風霜的女人。

湘在任何場合都是磁場，把所有同性、異性的目光都吸引過來。學生時代以至成為職業婦女，我經常跟著湘，稱職地扮演綠葉，烘托湘這朵紅花，甚至湘交固定男友了，我們仍同進同出，湘的每位男友和我都很有得聊，往往盡是我們兩人不斷拌嘴，而湘滿足於一旁聆聽。對湘來說，男人只要多金英俊又愛玩就夠了，個性合不合、談不談得來都是其次。也虧她的美貌，有本錢在滔滔人海中挑揀最大一顆石頭。

真實人生比通俗劇還通俗，二十歲如此，三十歲也如此。綾和邱幾度分合，男方無意花好月圓，女方執意非君莫嫁，綾有三次得以和諧的婚姻機緣，卻在邱一聲召喚，又重回他身邊，繼續毫無希望的愛情。邱家要家世良好的清白女子，不要念書時就與兒子同居又無錢無才的綾，她知道。湘直到青春美貌漸起皺摺時，不情不願下嫁，旁人看起來婚姻美滿，頗相配的一對，她卻時生不滿。

到了三十而立的年紀，我過著自己正敘述的生活，綾還在那沉溷得即將發酵的愛情中，等待結果；湘則剛結束一段短暫婚姻，繼續那無止境的追逐遊戲。

「幸福」這個辭彙，不知哪種人有幸匹配。

當兒子學步椅的滑輪轚轚響起時，我的冥想也戛然停止。他的午睡結束，我的個人休閒也結束，我們又開始遊戲，兩人或三人，丟球撿球與玩具。夕陽的金黃光彩從落地窗灑進屋內，一父一母環擁一子，身影參差，好一幅柔和溫暖的油畫，可以裱框起來，印製成房屋廣告的DM，文案是：我們有一個家……

這卻是我從未思想起的一幅畫面，雖然甜蜜，卻很辛苦，原有的優游自在完全捨棄不說，照顧孩子十分耗費體力。兒子精力旺盛，他的智慧尚不足以理解「有餘」的樂趣，他要把蘊藏在體內的力氣全部用盡才會罷休，成人們若做和小孩一樣整天的活動，除非如職業運動員，否則準保累癱了，這是一個新媽媽的體會。

然而婆婆承攬了大部分照顧兒子的工作，還要買菜、作飯，當一頓豐盛的晚餐熱騰騰地在餐桌上向我炫耀著時，我也只有自我調侃，或許少了椎心蝕骨的人事傾軋，少了戰爭、饑荒、環保等新聞的紛擾，人能活得健壯些吧，婆婆就是不受知識蝕害的例證。

晚餐之後，黃金時段的電視節目熱鬧繽紛。我們是城市人，卻如鄉間，農閒之後，人們藉著一爿螢幕醞釀倦意。兒子會在玩累之後要人哄睡，婆婆略事整治廚房之後與孫共眠，先生在胡瓜與他二度道別後關機，他也要進行恢復體力的睡眠，以便有個生氣蓬勃的星期一。

而我的黃金時間正待展開。多年夜間活動的習慣一時改不了，即使肉體累得想打烊，靈魂卻使雙眼精光無法闔攏，何況我捨不得深夜的靜謐，白天匿藏無蹤的靈思會從屋子的每個角落向我燈光盈然的書桌靠攏。

讀書、寫作、聽音樂，孤獨讓我的青春記憶又復甦，似乎一切如舊，我跟隨著陳淑樺的流行歌聲，吟唱起〈本城女子〉……

兩位多年不見的本城女子，不期然相遇於午後的街，問候語是，是否一切如故？同住一個擁擠的城市，她問她是否如她不知將心事向誰傾吐？所以她們，喝杯咖啡，暫時忘卻忙碌，每天都過得倉促，當然也有孤獨，不清楚擁有的是否叫做幸福。說盡許多心底感觸，時光卻留不住，彼此道別，相互珍重，心情自己照顧……

時近兩點，闔上閱讀近半的米蘭昆德拉，望著身旁鼾聲如雷的他，我撳熄床頭燈，一天的最後一個念頭，這偌大的城市有多少屋簷下是如我這般生活的四口之家？

——《本城女子》，皇冠

作者簡介

林黛嫚

一九六二年生，台灣南投人。台灣大學中文系畢業，世新大學社會發展研究所碩士，曾任國小教師，曾任《中央日報・副刊》主編、《人間福報》藝文總監，現任全球華人文藝協會理事長，並在國立台北教育大學及世新大學教授現代文學課程，曾獲全國學生文學獎、文藝協會文藝獎章、中山文藝獎等。著有《本城女子》、《時光迷宮》、《你道別了嗎？》三本散文集，《閒愛孤雲》、《閒夢已遠》、《今世精靈》、《平安》、《林黛嫚短篇小說選》等長短篇小說集。另編有《中副五十年精選》、《台灣現代文選小說卷》、《神探作文》等。散文及小說作品都曾多次入選年度散文選、年度小說選及中華現代文學大系散文卷、小說卷。經常擔任各種徵文及文學獎評審，如時報文學獎、教育部文藝創作獎、自由時報林榮三文學獎、台灣文學獎、聯合報文學獎、台積電青少年文學獎等。

林黛嫚的作品以短篇小說為主，散文也有可觀。寫人情溫醇柔美，創作題材生活化，有時自古典書籍中擷取，描寫對象多為平凡而善良的女性，並非特立獨群的美女、女豪傑或豪放女，而是身旁日常的人物，表現淡淡的人生滋味，困頓中的堅忍人生，文筆細膩而個性堅毅。

作品導讀

城市的甜蜜，生活的孤單

初婚的女子，看來是幸福的，卻有著隱微的心思，寫小說的林黛嫚寫出現代女子在傳統與現代，結婚或不婚，在為自己而活或為他人而活的內心矛盾。

快人快語的林黛嫚是朋友間有名的「毒舌派」，直來直往的個性，令人又愛又恨，然笑起來像天真孩童的她，真個是童言無忌，令人樂意忍受她的語言暴力。這是另一種夏烈女子，像蟬鳴一樣天然而小小惱人，然夏日過去又令人懷念。她的機智慧敏，只在創作中發揮一部分，筆下女子多溫婉而善良，這是她個性中的一部分，但她不自憐自傷，在做人處事上，少拖泥帶水，多愁善感，是能幹而爽直的好女子。

本文由初為人母的城市女子與十個月大的稚兒寫起，寫到從鄉下來的婆婆快速適應城市生活，不愛出門愛看電視的先生，一家四口過著平常人家生活；對照過去風花雪月、四處旅遊的詩意生活，與好友綾與湘的沒有結果的浪漫愛，驚濤駭浪的情感，她得到的是分平凡的幸福，但幸福如何定義？誰有資格得到真正的幸福？也許沒有真正的答案，但那是屬於自己的選擇與福分，無法相比論。結尾以陳淑樺的歌〈本城女子〉作結，兩個命運不同的朋友在城市的街道相遇，互訴自己的生活，不知自己得到的是否是幸福，最後各自帶著自己的惆悵離去。這是初為人母的複雜心思，被作者用簡潔俐落的手法描寫出來，看似平淡的語句，卻有生活的立體感與真實。

女性在初婚幾年是一生的轉折與劇變，歷經作為人妻、人媳、人母，心理與生理產生劇烈的變化，一方面要服從生物本能與社會期望，一方面難以割捨作為單身女子時的自由浪漫，對於青春依依難捨；一方面深怕自己深陷入家庭中不能自拔，然裡面有女性生命的起伏，初婚女子正在人生的盛夏日正當中，最戲劇性，也最反高潮，生活從四面八方包抄，女子在這階段最受需要，也最需要學習付出。點點滴滴非過來人能道出，當幸福與夢想不交會時，往往背道而馳。

本文的寫法也是四面八方包抄，每條線都有交會而不混亂，首尾呼應，顯現作者高度的結構能力，與洞察世情的敏慧。

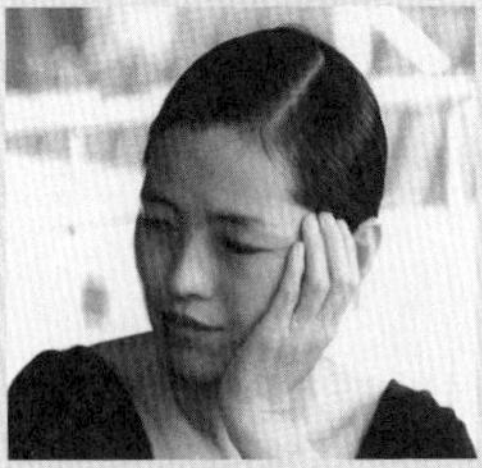

以魚之名

黃寶蓮

那十年婚姻的結局一樣乾脆決絕，
像首短而悲傷的詩，
也像那道精緻考究需要細細品味的魚。
生命裡的美好時刻都是那麼短暫而匆促，
人的情感如此善變而不定，
不禁令人遐想：
如果那晚隨便吃吳郭魚，也許婚姻可以持久？
因為平凡而普遍，容易安身？

J的晚餐在高屋頂的愛德華式廳堂裡，天花板垂下來低低的水晶吊燈，紫紅色的檀木圓桌中心是捲著鯷魚的橄欖和茴香醃過的小酸瓜，壁爐前是慵懶的安哥拉貓，長窗外是倫敦初冬帶霧的花園。

他們天使一樣的女兒已經被保姆帶上了樓，晚餐的氣氛因而不受孩子的干擾，主人白色上衣的荷葉袖口，與 Arvo Part 的音樂一樣飄逸。已經過了八時，我們繼續喝著飯前酒，吃著開胃小菜。

那晚的主菜是和尚魚(monk fish)，肉質韌勁味道鮮美，介於龍蝦與雞肉之間，質感有點像蛙腿，魚不魚，肉不肉，有些人因為牠長相怪異，頭大尾小有脊椎骨還生著兩撇鬍鬚而不敢吃牠；我不以貌相人，也不以貌取魚，而且愛吃和尚魚，牙尖喜歡那種刺激，非常感官性的讓人興奮，想咬，越咬越起勁，越起勁越激動，如同接吻一個男子，吻著不夠，想咬，想吃；如果真是一個可喜可愛的性感男子，大概也就發了癲，咬下了對方的耳朵或甚麼。

但是，到底只是一塊魚，便也就咬著咬著，貪婪的吞嚥著，下了肚固然滿足，但總是意猶未盡。和尚魚比較鮮少，一般不會大塊大塊吃，所以，泰半總是吃到合理而適量的袖珍分量。

那晚的魚是去皮去骨的魚塊抹了海鹽、胡椒，燒烤之後淋上白酒奶酪芥末調成的法式濃汁，配小馬鈴薯與烤櫛瓜。那一餐是這樣的細緻，男主人也是這樣的氣質，一種貴而不可貪婪的稀有物種：詩人，多情而且多才，辦詩社、出版詩集、熱愛中國文學，往來中國文人，結了三次婚，每次跟女人不顧一切的生下美麗如天使的孩子，離開的時候像紀念品一樣把孩子留給女人，然後再把有限的收入，交付贍養費。一個妻子還可以，兩個就有點吃力，三個絕對是生命不可承受之負擔；但愛情價比天高，詩人再愛上更年輕的仰慕詩人、熱愛詩歌的女子，詩人不可避免再陷入熱戀，再陷入昏（婚）姻。

當他再一次搬離那個華麗高雅的、愛德華式有著水晶吊燈的長窗與花園的房子時，我的女友H，詩人離棄的第三任妻，倫敦知名大學裡的熱門系主任，美麗幹練氣質超凡的女子，帶著兩個天使一樣的女兒，一個人扛起失婚的挫折、養家的責任，繼續生活，伊媚兒裡簡單兩行字述說他們十年的婚姻：

我和喬已分開，孩子歸我，他遷出，
我的地址電話照舊，請保持聯絡。

無淚，無恨，無愛亦無言的大痛大悲，乾枯與麻木。

我總記得那晚的燭光與那晚的酒，那晚的詩，那位長髮黑衣的保加利亞詩人女子，她的胸和乳，以及晚餐的優雅。

那十年婚姻的結局一樣乾脆決絕，像首短而悲傷的詩，也像那道精緻考究需要細細品味的魚。生命裡的美好時刻都是那麼短暫而匆促，人的情感如此善變而不定，不禁令人遐想：如果那晚隨便吃吳郭魚，也許婚姻可以持久？因為平凡而普遍，容易安身？

這當然是謬論，姑且聽之。詩人之作為丈夫的缺點，恰恰正是他不可忍受常態與凡俗。

想起在香港初識H，一起在灣仔一家菜裡不放味精的「蒸燉炆客棧」晚餐，有一道清蒸老鼠斑，已經沒人再眷顧的魚頭、魚肚，我和H兩個人繼續揀著鰓裡的肉碎、肚邊的嫩肉，津津有味的吃著，吮魚眼、啜魚腮，把一條魚吃剩一排整潔乾淨的脊椎與頭骨如動物標本，沒剩一點多餘的肉屑；吃到剩下兩片魚唇的時候，彼此抬頭互望了一眼，會心一笑，默契就在那一剎那滋生了！

日後，不論吃魚吮鰓、吃冰淇淋舔嘴唇、吃巧克力舔手指，那契合的感覺一直延續到多年後的今天；每次見面，不論食物或話題都有共吃魚頭的親密經驗，有如相互的感情基礎是建立在彼此吃魚的方式與態度，即使到現在依然無所不談，好像這一輩子沒有甚麼事情不能坐下來像吃一條魚那樣，徹徹底底細細膩膩的吃個透底。

依照這種方式去推算張愛玲與胡蘭成的婚姻，肯定是沒有好結局的了，所謂「夫妻夫妻，吃飯穿衣」，張愛玲喜歡洋派肉食，甚至想過去賣肉的鋪子打工，沒事和胡蘭成逛到市場去看看肉販，居然也開心滿意；她又酷嗜西式奶油甜點，與胡蘭成的鄉土口味自是難以搭調；婚，雖然未必是這樣離的，生活卻有這樣的瑣碎；人世還需有牽繫的情緣，與共守的堅貞。

——《芝麻米粒說》，二魚

作者簡介

黃寶蓮

一九五六年生，台灣桃園人。中國文化大學中文系畢業，曾任雜誌社編輯採訪、專欄撰述，後為自由作家。先後居住紐約、香港、倫敦，行遊四方，現居香港。著有散文集《流氓治國》、《愛情帳單》、《簡單的地址》、《仰天四十五度角》、《未竟之藍》、《無國境世代》、《芝麻米粒說》。短篇小說《七個不快樂的男人》、《七個不快樂的女人》、《indigo 藍》、長篇《暴戾的夏天》。作品被選入多種文選。

作品導讀

感謝您，生活

婚姻與愛情相關，也與食物相關，豈不妙哉！

黃寶蓮長得美而秀，心思卻浪漫無邊際，大學畢業只做過短暫工作，之後在世界各地流浪居住，有一年她住南丫島時去找她，有庭院的平房布置得極清雅，她晨起打掃庭院，然後游泳，身材保持得像女孩，是女人與女孩的綜合體，到市場買菜，然後作菜，在樹下一邊喝紅酒一邊為男朋友剪頭髮，是懂得如何生活的女人。寫作對她來說是生活情趣的一環，量自然不多，她常有些奇思令人驚豔，她說小時候一個人常自己搭公車，坐到終點站下車，繼續走下去，想知道終點站之後是甚麼？這世界真有所謂終點站？這個對世界與生命充滿探索熱情的女人，整個的令人驚豔。說她是個永遠停留在夏季的女人應不為過。

〈以魚之名〉發表時題作〈魚與婚姻〉，文章從一場高貴的晚餐，與高貴的和尚魚開啟，談到詩人的多情多才與多次婚姻，和那晚的食猶未盡，預示一場不完美的婚姻。將食物與婚姻人性作連結，從而點出詩人作為丈夫的缺點，恰在他不能忍受常態與凡俗，人與人共食的契合，就像共食或吃魚一樣，是否可以吃個透底，吃得有默契。吃不透底或無默契的婚姻也難契合。作者從小節出發點出婚姻之道，有參透婚姻的況味，確實是有風味的小品，看來尋常，沒有內力難寫出這樣的文章。

郎才女貌的配對，與華麗餐廳的鋪張與鋪敘，如夢幻泡影般脆弱，跟後面的平常夫妻相比，在對照之下，寫出夫妻的相處之道，在能平凡，能面對人生總總的缺陷，包括對方的不完美，也承認自己的不完美，婚姻不外生活，柴、米、油、鹽、醬、醋、茶，樣樣都有學問。作者前面的濃筆與後面的淡寫也形成另一種對照，可說是耐人尋味的逸品。

在飲食散文中，黃寶蓮偶一為之，多有不尋常的人生滋味在其中。作者擅長的浪漫愛情書寫，從不食人間煙火到大啖人間煙火，在浪漫中多了一點穩實，有那麼點「歲月靜好，人世安穩」的意味。

人生的夏季，經歷過青春與愛情，婚姻與離散，愛情與人生全然不是我們年輕時想的那樣，美貌、才氣、財富、家世不過是表象，婚姻的EQ建立在懂得欣賞平凡與生活習慣的相合，而食物看來平常，挑食的人跟不挑的人總是要出問題的。人生難得圓滿的宇宙，婚姻尤是，多少的郎才女貌不多成了鏡花水月。

三十功名錄

邱坤良

我逐漸發覺從小到大，
從年少到年老，
青春總是在不知不覺中，
船過水無痕。
年輕時期不知道關鍵的三十歲如何度過，
這幾年連自己如何變老，
也不清楚？

「三十而立」，這幾個字常掛在許多人嘴邊，也常出現在課文。三十歲，可以站立，可以倒立，彷彿代表無比的責任與榮譽。大學時代一位同窗好友〈滿江紅〉唱多了，對「三十功名塵與土」格外敏感。當時我們都僅二十出頭，他卻喜歡裝老賣老，很像「星海羅盤」的人生導師。他說人生運命可以三十年河東，三十年河西，但是三十歲一過，貧富貴賤已然注定，有人三代飛黃騰達，有人貧賤一生，他的結論是一個人必須在三十歲之前就做好打算。他最初立志要成為思想家，後來修正為出版家，畢業前夕他轉而希望當一個企業家，他闡述事業版圖時的自我陶醉，至今令我印象深刻。大學畢業之後，他進入國中教書，一教就是一輩子。最近我與他聊到這段往事，他矢口否認，似乎早已把當年的真知灼見忘得一乾二淨了。

小時候對三十歲的印象是遙遠而神祕的歐吉桑、歐巴桑年紀。目睹兄長當兵、退伍、結婚、生子，人生大事在短短幾年之間一口氣完成，原來人過二十歲就可以當大人了。當大人最大的好處就是主權獨立，不受拘束。後來，自己懵懵懂懂、渾渾噩噩之間經歷二十歲、三十歲的青春年華，用錢、做事果然享有前所未有的自主權，但心境上感覺跟十幾歲也沒太大差別。三十歲應該不單純只是結婚生子，證明自己一切正常而已，對於生命亦應有所期待。可是期待甚麼呢？如今回想起來，好像也沒甚麼特別印象，彷彿三十歲的「功名」已如塵土，早不知飄揚何方了。

我逐漸發覺從小到大，從年少到年老，青春總是在不知不覺中，船過水無痕。年輕時期不知道關鍵的三十歲如何度過，這幾年連自己如何變老，也不清楚？我不知道別人怎麼發覺自己老化的，發現第一根白頭髮？或感覺體力減退，戴上老花眼鏡了？有一位朋友在一次火車旅途上，無意中看到前座旅客手上的報紙，不但標題醒目，連密密麻麻的新聞內容也看得一清二楚。前座旅客大概被窺伺得不舒服，順手把翻過的報紙丟過來，我的朋友調整好坐姿，準備好好閱讀，但定神一看，方才聳動的新聞標題突然一片模糊。於是，某年某月某一天的某一種場合，他非常精準地發現自己老了。

我對老化的感覺沒有這位朋友敏銳，屬於後知後覺、概括承受的漸凍人型。就拿老化的象徵——老花眼來說，同輩朋友開始戴起老花眼鏡時，我仍沒有這種症狀，朋友說可能是我大器晚成，二十歲才罹患輕度近視，而後近視遠視相抵，所以沒有老昏眼花。我不知道這種論調是否真實，但一個人沒有老花眼，的確不代表沒有老。這兩年我坐在電視機前，經常陷入邊聽聲音、邊打瞌睡的境界，有時感覺全身腰痠背痛，動作遲緩，以為只是睡眠不足、姿勢不良，看過醫生，也做過復健，並無明顯改善。最後醫生說這些毛病都屬於老人病，習慣就好了。

進入人生的後中年，更容易體會「年少不努力、老大徒傷悲」這句警世通言，眼前浮現那位凶惡的小學班導師，一面吟念句子，一面狠狠瞪我，好像在說：我講的就是你！其實我也知道他講的是我，但河水不犯井水，他何必瞪我。我小時候常以惡小而為之，記憶中父母、師長、鄰居未曾用「乖巧」、「認真」、「老實」這些字眼形容過我。隨著馬齒徒增，我多少也了解一個人不能一輩子放蕩，就算不能周處除三害，至少也要做工種田打漁，當有用的人。可是我胸無大志，能做甚麼呢？小時候作文寫「我的志願」，寫遍各種偉大行業：醫生、飛行員、縣長……，但純粹是小學生作文，沒有人當真，因為我也是隨便說說而已。

人世間各行各業，上九流到下九流，對我都是沉重的負擔，難度太高。從成長環境來看，我應該在小學畢業之後就到船上燒飯，而非上初中讀書，這是當時大部分男同學要走的路。當船員無需課業成績優異，但得身強體健、頭腦清楚、手腳伶俐、能抓魚、掌舵、辨識天候、方位，還要在強風大浪中，屹立不搖地鏢魚、撒網，甚至潛入海中排除障礙，不是喜歡吃魚、不怕魚腥，或找不到工作、無路可走的人就可以屈就。我年少時經常在睡夢中被港內外漁船馬達聲吵醒，身體縮成一團，從被窩裡往窗外一看，真的是「天這麼黑，風這麼大……」，慶幸自己不是當船員的料。

歐巴桑們常說「第一賣冰，第二做醫生」，賣冰比當醫生好賺，我深信不疑。在水果、飲料樣式不多，冷氣不普遍的五〇年代夏天，吃冰是大人小孩消暑解渴的良方，每個冰攤、冰店都生意不錯。對一般人而言，當醫生是遙不可及的願望，全漁港幾萬人沒幾個醫生，賣冰卻是人人可為。許多小學生一放暑假，就到冰棒廠批貨叫賣，像當醫生般打工賺錢，清冰二毛，紅豆冰三毛，本錢少、利潤多。不過賣冰也有風險，幾斤重的圓冰筒，不小心跌跤，裡層水銀破碎，做三天生意也賠不了。有些水銀冷凍效果不佳，冰棒容易融化，生意難做。凡此都涉及賣冰行銷與風險管理，聰明的小生意人知道如何搶得好冰筒，如何在最短時間內把冰棒推銷出去。我曾經到冰棒廠抱個冰筒回來，卻又羞於沿街叫賣，只坐在亭仔腳等顧客上門。每隔幾分鐘打開筒蓋瞧瞧，順便吃一支冰棒慰勞自己，回冰店結算時，往往連本錢都湊不齊，原來也不是賣冰的料。

我小時候很想長大之後開家雜貨店，每天坐鎮店裡，收錢算錢不必到處推銷，想吃甚麼就吃甚麼，符合我好吃懶做的個性。但開雜貨店要有資金、店面，還要批貨、算帳，是大人的大頭路，非小孩子做遊戲，更不是坐在店裡吃零食就能賺錢。這些年便利商店遍布每個角落，全年無休，當年如果真的開了雜貨店，以我的隨性，絕不可能與 7–Eleven 或福客多競爭，如果撐到中年才倒店，反而是人生慘劇。

我國小畢業繼續升學，沒有到船上當煮飯仔，原因是體質不佳，容易暈船，不可能「討海」維生，所以一路讀書。嚴格說來，進學校讀書也非我的專長。我很難對人解釋，一輩子課業成績不怎麼樣，何以能夠逆勢操作，念了二十幾年，最後還當了教授，天理何在？也許天意如此，我也沒辦法。小時候算命仙就對我母親說：「這孩子有讀書命！」母親半信半疑，還是讓我讀讀看，總比一輩子當漁夫好。我也果真「會」讀書，無論再怎麼補考、重修，緊要關頭都會逢凶化吉，恰到好處地低空掠過。進學校讀書不難，但未來做甚麼，教人傷腦筋。我從國小、初中、高中到大學，成了百無一用的書生。那時不流行知識經濟，沒有人談創意產業，出現在報紙求職欄的工作，多屬業務員、車床工、電匠，我一一檢討各種工作屬性，竟然毫無「發揮」的餘地，我最後發覺，只有教書這個工作勉強走得通。

當老師要走師範學校，對我來說，這個不可能的任務，用膝蓋想也知道考不上。我原本沒有當老師的命，不過，天無絕人之路，師範沒得念，好歹也念了大學，又碰上九年國民義務教育開始啟動，各地國中紛紛成立，一夕之間需要成千上萬個老師。任何大專畢業生，修個教育學分，喊喊教育救國就可以成為國中教師。我原來盼望大學畢業，當兵退伍之後，跟同學一樣找個國中當老師，從此天下太平。沒想到閒來無事，又去念研究所，具備在大學誤人子弟的資格，並且因緣際會，進入大學教書，搖搖晃晃地從講師、副教授到教授，總算與社會文化脈動接軌了。

我自己很明白，進入教師這個行業，不是至聖先師的感召，也不是受「天地君親師」的觀念影響，如同進學校讀書一樣，我只是選擇一條可以走的路而已。剛在大學教書時，我只有二十六歲，比學生大不了多少，他們也與我稱兄道弟。有些學生是我同學或服兵役「戰」友的表妹或堂弟，算起來等於我的同輩，只是年紀稍輕而已。而後學生一批一批離校，又一批一批進來，如春夏秋冬般周而復始，他們的年齡永遠保持在十七、八歲到二十出頭，而我則一年增加一歲，並且忽視現實，不知老之將至。有一天，有位學生很興奮地對我說：「老師比我爸爸小一歲。」於是，我知道已經跟家長年紀差不多了。最近幾天，有位十七歲的女同學告訴我，她的祖母五十多歲，爸爸三十五歲，聽到這個早秋家族的偉大事跡，我已然心如止水，一點也不大驚小怪。

現在待在我身邊工作的年輕人，年齡跟我差了一大截，他們做事積極，充滿青春活力。我一直沒注意他們的年齡，總覺得都是永遠長不大的清純少男少女。有一天先後有人結婚、有人生子，我才發覺原來他們都是大人，感覺像流鼻涕、穿開襠褲的鄰家小孩一夕變鳳凰或變鱸鰻，實在太突梯又太神奇了。

以前歐巴桑常用「好命做老父、老母」來警惕年過十六歲的青少年。這句話如今毫無說服力，因為大學畢業生工作幾年，或念個研究所，「終身學習」一下，差不多就接近三十歲，他們一定很難想像，我這一輩人小時候曾經把三十歲視為老男人、老女人呢！現代年輕人結不結婚或做不做父母，與命運好不好無關，畢竟，不好命的人做老父老母的，大有人在。人的一生從年少到年長，都屬於自己曾經擁有的經驗。當年我那群同伴三十不到，就叫嚷自己是老歲仔，好像非得如此，就沒有「三十功名塵與土」的使命感。昔日戲言如今都到眼前來，像遊赤壁遙想公瑾當年，或白首宮女話天寶遺事，難免感到有些無奈。現在就算不想再言老，從頭到腳，儘做青春少年兄打扮，成天與年輕人廝混，別人也只把你視為老人家了。

——二〇〇四年五月號《印刻生活文學誌》

作者簡介

邱坤良

國立台北藝術大學劇本創作研究所教授。曾任國立藝術學院戲劇系主任、國立台北藝術大學校長、國立中正文化中心董事長、文建會主委、早稻田大學訪問教授。主要著作包括《馬路・游擊》、《南方澳大戲院興亡史》、《移動觀點》、《跳舞男女》、《陳澄三與拱樂社—台灣戲劇史的一個研究個案》、《台灣劇場與文化變遷》、《日治時期台灣戲劇之研究》，以及編導作品《一官風波》、《紅旗・白旗・阿罩霧》等。

作品導讀

人生三十的花火

人生三十，觀前顧後，感慨萬千！

出生於後山南方澳，一方面擁有漁港漂泊的氣習，又追蹤蘭陽平原的歌仔戲，又赴巴黎研讀戲劇，邱坤良身上擁有著複雜因子，那是亦莊亦諧，在廟又在野的氣習。他將作田野多年，所見所聞所思所想，用「獨特的瀟灑語彙」記錄下來，有時不防來幾句幽默，或自我調侃，活潑的思想，不落俗套的觀點，常引人莞爾一笑。他的狂野個性是不被學院拘住的。

三十歲是人生的分水嶺，一般而言是成家、成熟、成就的代稱，所謂三十而立即是。如果二十歲是詩的年代，那麼三十是經濟的年代，四十是哲學的年代，五十是宗教的年代，三十正當結婚、生子、就業的關頭，正是人生夏季的頂點，也是戲劇性高點。作者引岳飛「三十功名塵與土，八千里路雲和月」寫出英雄豪情壯志的背面，無豪情壯志也可成就自己的一生，說明自己對三十與功名的茫然與無目標。作為漁港之子，如果他身體夠強壯，也許早就上船去跑船，但因體質不佳，又會暈船而作罷；也想過賣冰、開雜貨店，但因算命仙一句「這孩子有讀書命」而一路讀書做到教授、校長、文建會主委，這對鄉下人來說是個不可思議的夢，作者只以瀟灑的口吻說出自己的可塑性，無預期，人生是否是冥冥中自有安排，或人人皆能如此步步高升？如果三十歲功名已定，那麼在將老之年回首往事，雖不至如同塵土，但也好似幻夢。當人連年歲都麻木，或認老知老，一切的假設與命運都是一個拘人的規範與牢籠。

不如學岳飛瀟灑一點，吟唱「莫等閒，白了少年頭，空悲切！」以三十而立為起，以三十功名塵與土作結，雖無豪情但有豪氣，作者愛用典故與成語，然輕鬆的筆調，常逸出常軌天馬行空，可說是規則中的不規則動詞。

此文雖口語化、生活化，頗有老生常談的意味，卻有脫俗的觀點，在不刻意中流露出隨遇而安的智慧，與一般勵志文不同的是「非功利」的觀點，因為人生太刻意無法安排，一切的安排也顯得刻意，這對「三十功名塵與土」作了極佳的注解。

茗之華

洪素麗

中年的我已數不清飄洋越海幾度了，
身上印滿冰雪挫傷的寒氣，
北地火焰草的氣味；
回到亞熱帶的島鄉，
迎面撲來燥熱的乾沙與炙風。
如何去重新尋覓菜瓜花架下，
誦讀詩經的年少情懷呢？

1. 苕之華，其葉青青

十五歲時的我，在菜瓜花架下誦讀《詩經》——「女子有行，遠父母兄弟……」，並不懂得做遠洋飄泊之夢。母親遞過來一把炒香蠶豆，滿面憂容地說：「阿華又被趕出婆家了！這回是不小心打破了一只醬油瓶。」阿華是個鄰居家的好女孩，小時候一起踢罐子一起長大，比我大三、四歲，母親早逝，由祖母撫養大；經常行船出遠門的父親，在祖母去世後匆匆把她嫁了，阿華初中還沒畢業，還是個童心未泯的孩子哩！

——苕之華，芸其黃矣，心之憂矣，惟其傷矣。

我的人生還未開始時，阿華已為人婦、生子，並且做了棄婦。

2. 乾溝飄拂草

從旅舍的窗子，可以看到外海的船隻，玩具般玲瓏可愛。纏足的祖母牽兩歲的我，應和海龜蹣跚的腳步，去眺望林投林外的大海。那是大戰後一個難得的好春日，所有的漁船都經常滿載。黃槿樹開滿鮮黃色杯狀的花。

祖母離去很久了，我依然酷愛眺望大海啊！爬上馬鞍藤盤踞的高丘，木麻黃叢林內滲著焦油般的渾濁燈光的薄板壁小屋內，臨盆的阿秀正發出撕人心肺的尖聲嚎叫。八歲的我踮起腳尖，攀住粗殼板屋的罅裂口偷窺；火光跳躍中有一團濃血，悸動著甫下地的一匹紫灰色幼獸般的小肉軀。

在高潮線上青綠了一春又一夏的乾溝飄拂草，十月以後，在東北季風挾浪襲擊帶來的鹽霧吹拂浸染下，開始發黃、枯萎。伴生的島嶼馬齒莧則潛入海岸坑穴蟄伏，悄悄在石隙間開著乾燥花般的白色與淡紅色薄片星形小花，忍耐著度過灰暗多風的冬天。來春春雨滋潤如膏，飄拂草再度泱翠如綠色的海。曾經難產的嬰孩也熬過了初生夭折期，掙脫襁褓，在春陽燦爛的岸灘上學步，張開幼稺雙臂，迎接小漁村裡陸續回航，雲旗招展滿載的漁船。

3. 今我來思，雨雪霏霏

船帆泊碇在風雨欲來的港灣。三歲時舉家遷徙來落居的港都，展現好遼闊好豐饒的海啊！魚鷹與海鷗逡巡飛翔，麕集爭食的海面，閃爍銀錠光芒。

多年來，魚鳥死亡滅絕，港灣海水烏黑惡臭。銀合歡在颱風天倒折枯乏的乾軀，描繪著美麗色彩的重噸漁船仍苦心不竭地營造，出海到更遠更遠的海域去撈魚。空虛的內海在暴雨中歇的傍晚時分，不速之客般駕臨久無飛鳥訪客的內海灣，數百隻小燕鷗，發出切擦磨牙般的脆叫聲，碎米粒般撒向濃雲囤積的天邊。

港灣旗鼓相當的兩座小丘在風暴肆虐時，彷彿為了取暖而互相移近一點；雨雲稀散，燈塔發放霧粒的黃色光亮時，又把岬角對立的小丘推開了一些，正好容納一艘巨大的黑色島嶼般的商船緩緩駛過。伴隨船尾翻騰灰色浪沫，是搧著神經質的尖長羽翼的小燕鷗群，跟在船後快速地飛掠水面，挑食被船底劃切翻掀出來的水族幼魚。

船塢漁船在大浪搖擺不定中瓶罐般地碰撞。密麻麻小灰點的燕鷗群則比粗灰的雨點顆粒稍大，炊煙般，在大風大雨中，迤邐隨大商船飄曳出堤防外海去，消失。

4. 扇平的雨林

夜來小溪漲滿，我在旅途睡夢中驚醒，水聲潺潺流過我耳際。吹氣般貓頭鷹的噓鳴伴隨悶鈍鼓蛙的節奏，踩著枯葉急行的夜行動物，從足聲的輕重緩急依稀可辨是哪種族類。由於獵人在日間獵捕過度，所有的野生哺乳動物都轉變成了夜行動物，為了夜是一種保護色。並且一種動物轉為夜行，捕食牠的剋星也必須擇取在夜間出沒，食物場與競爭場從日間移到夜間，所有野生動物都獲益了，因為牠們有志一同擺脫掉了最大的共同敵人——獵人。

山豬在櫟樹底幹磨牙的聲音漸趨單調時，我再度入睡。夢裡跋涉雨林中，走出雨林，是一片潮溼草原，北極圈的凍土地帶。我不停輕快地疾走，找到了著落北極點的一塊平坦的冰石，是盛夏冰山融解移游後僅餘的固定的一塊冰石。我疲憊地攀越上去，趴下來，俯望無終無極的南方——所有的方向都是朝南；灰色草原的南方，南方之南的島嶼西南方，一片海拔七百公尺的濃綠雨林中，伴和一群饒舌聒噪的樹鵲，是一隻黑紅相間的美麗的朱鸝，拖著緋紅色長尾羽，曼妙地旋舞於如煙如帶的綠林中。扇平的雨林。

5. 野有蔓草，零露瀼瀼

大白斑蝶沾滯在沒骨消的白色花團上，久久不動。近午的陽光透視牠美麗的黑白線條相間的大羽面，使其透明。

尼姑庵新近接收了一個五個月大的女嬰。女嬰母親是個十七歲的未婚媽媽。至於父親那小子，從工廠跑了，下落不知。

隔了一百公里，女嬰被母家的人從中部台灣小鎮送來南台灣深山的廟裡，意思當然很明白了——讓她們母女隔成一世那麼遠，永不復再見。

大白斑蝶輕輕揚著沒有重量的大圓翅，飛到河岸。河岸上芒草洶洶地長著。

尼姑庵的尼姑們，有一種不敢露骨表現的驚喜的騷動。她們在念經種菜打掃化緣和香客打交道之餘，輪流都做了未婚的媽媽，盡情發揮她們與生俱來做母親的慾望。女紅好的尼姑與會淋漓地裁剪灰色棉布連夜車縫了好幾件嬰兒小衣，並且裁製穿舊的灰色袈裟縫成軟軟布條做尿片。女嬰必須素食，並且她將對爸爸媽媽一無所知，只會稱呼每一個尼姑做：「阿姑！」

大白斑蝶若有所思地離去。交錯飛來一隻銀紋淡黃蝶，棲息下來吸食河岸淺水。風車草在正午烈日下抽稈展葉，橫衝直撞地漫生，吐露著黃土顏色的小花穗。

6. 既見君子，並坐鼓笙

終年飄泊於越冬區與繁殖區的鯡魚與海象，稈鷸與黃鶯，再度繞回金色海岸的原鄉時，懷抱甚麼心情呢？

中年的我已數不清飄洋越海幾度了，身上印滿冰雪挫傷的寒氣，北地火焰草的氣味；回到亞熱帶的島鄉，迎面撲來燥熱的乾沙與炙風。如何去重新尋覓菜瓜花架下，誦讀詩經的年少情懷呢？

最好的朋友是最敬愛的老師。「既見君子，云胡不喜？」「安得促席，說彼平生。」向晚趨暗的墨綠色小庭院，一株抽長的白色荷花亭亭站立在水缸中。疑心它應該是有香味的，走近去猛嗅著，卻又沒有。跟老師大聲說：「再見！再見！」抬頭見高撐入空的檳榔樹風搖稀疏的羽葉，好似發出了輕微的鳥羽拍翅聲。有嗎？有嗎？白荷花有香氣嗎？檳榔樹有鳥翅聲嗎？老師再見！再見了！海岸線漫漫浮漲到眼眉之下，變成一抹濃稠的靛藍，溫溫如玉的老師站在白玉荷花的庭院中，退隱到滿潮的浪峰後面去了。澎湃海潮轟然升起，把遲緩飛行的黑脊鷗羽翅打溼，刷刷洗濯後浮現出另一張因為癌病侵蝕挖掉半個顏面的模糊的臉。老師再見了！長滿菖蒲花的草原鋪展到星子懸垂的海崖，掉入後方虛空的大海中，沉沒了！我的費南度自狹長的火車鐵道穿過七個黑黑的山洞後，重新清新地站在復次明媚的車窗外，一座青翠滿覆的山！

——阪有桑，隰有揚，既見君子，並坐鼓簧。今者不樂，逝者不亡。

——《台灣現代文學教程：散文讀本》，二魚

作者簡介

洪素麗

高雄市人。一九四七年生於高雄市紅毛港。三歲時舉家遷到對岸的哈瑪星。鼓山國小、高雄女中、台灣大學中文系畢業。赴美習畫，現居紐約市東村。為專業畫家與作家。得過中國時報、聯合報散文獎。繪畫作品為大英博物館、哈佛大學佛格美術館、

以色列耶路撒冷美術館、美國華盛頓特區國會圖書館等全世界二十多家美術館收藏。著有《十年詩草》、《港都夜雨》、《台灣百合》、《銀合歡》、《金合歡》、《台灣平安》等。

作品導讀

人生的夏日伏陽

女子的生命史，如春之華秋之實，沒有戲劇張力，只有像有花的河流，溯流而上，順流而下。

洪素麗能文能畫，是較早觸及自然寫作的女作家，其文風典雅秀麗，然題材不為傳統所限，書寫多植物意象。本文追溯女性成長，從純真女童至哀樂中年，從故鄉到異鄉，穿插不同時空不同景象，與老師的回憶，如神來之筆，清美而有詩意。

水缸中的白荷似有香而無香，檳榔樹似有鳥翅聲而無聲，往事如剪貼如夢幻在潛意識中洶湧如潮，女子的漂流遠行，如乾溝飄拂草如鯡魚海象稺鷸黃鶯給紛繁的意象，令人窒息，而鬱結的鄉愁似乎一一打開。全文分六節，半由《詩經》詩句貫串，半由植物意象構成。一部《詩經》不也是植物史，天生與草木親切的女子但望長成扇平的雨林，而非早萎的蔓藤。壯大的生命意象如美國畫家歐姬芙，豐沛飽滿，誰說女創作者是溫室的花朵，早在七〇年代，洪素麗即書寫令人不敢逼視的女性心象。

女子的盛年在飄流中展開寬廣的生命視野，是夏之樹也是夏之訴。人生的夏季，東西遊走，移動的欲望多於固著的欲望，是流動書寫也是離散書寫。

分題散寫是長篇散文慣用的手法，寫不好容易分散不集中，然如有結構中心則可首尾一貫，通體相符，本文以花草植物為貫串，能籠罩全篇，而形成意象與意境，花草植物在這裡除了是生態的描寫，也是人生際遇、境界的描寫，可說是象徵的逸品，與充滿氣氛之作。

海東青

劉克襄

這種被中國人稱為海東青的猛禽，
擁有鷹隼科最頑強的意志，
就像上述被烏鴉欺負了，
依然駐足在不遠的石塊上，
堅持不肯離去。
其個性所顯現的態勢，
正如奧杜邦所云：「高尚、威嚴」；
彷彿早已擁有更大的決心要去完成既定的任務。

海東青，古時中國人稱呼某種猛禽類的鳥名。然而，牠到底是現在的哪一種鷹隼呢？

前幾日掛電話，請教幾位觀鳥多年的朋友。結果，沒有人敢給予肯定的答案。有的懷疑是展翅如鵬的海雕，也有的猜想是飛行迅速的隼科，莫衷一是。雕者，鷲鷹中最大型的猛禽；隼科體型反而最小。兩者差異如此極端，一時間，我竟有點茫然。中國歷代自然科學的分類又不發達，只會徒然增加更多類別，但求助無門下，只得去翻查《辭源》。

果然未出所料，《辭源》上說：

海東青，鷙鳥名。雕的一種，也叫海青。產於黑龍江下游及附近海島。唐人稱決雲兒。遼金元皆極重海東青，金代特置鷹防，掌調鷹鶻海東青之類。……又莊季裕〈雞肋篇〉下：「鷙來自海東，唯青鵁最佳，故號海東青。」

雖說沒有明確證據，不過，它至少提供了海東青取名的緣由與地點等線索。接著，我又到中央圖書館蒐集資料。幸運地，從清初乾隆時代《熱河志》找到下列的敘述，我遂縮小了鑑定的範圍：

海青，雕之最俊者，身小而捷，俊異絕倫，一飛千里。

《熱河志》中還登載有乾隆這位十全老人吟詠〈白海青〉的七言長句：

東海翻飛下海西，變青為白斯更奇；
東木西金五配行，各從其色非人為。……

「身小而捷」，我直接聯想到隼科，斷然放棄了體型碩大的海雕。但「變青為白」似乎另有古人未知的科學知識。面對現代生物知識，今人可不能昧於迷信或傳說，摒棄科學查證之必要。我個人猜想，這種情形恐怕與基因變種有所關聯。心中雖有狐疑，還是迫不及待的翻查東北亞鳥類圖鑑。未料到，棲息在「黑龍江下游及附近海島」的隼科，竟然高達七種！

毫無頭緒下，整個下午，我只好沮喪地躺在床上，反覆咀嚼古人記錄的「海東青」詞句；也不知為何，突然靈機一動，想起清初大畫家郎世寧。

郎世寧是義大利人，二十五歲（一七一五年）時由歐洲耶穌教會派來中國；因擅長繪畫，迅即成為宮廷畫家，創作了許多以當時重大事件為題材的歷史畫，還有人物、肖像、花卉與鳥獸的寫實畫流傳後世。最有名的代表作，就是以馬為題材的「百駿圖」。

印象中，我記得他也畫過好幾種鷹隼。乾隆既然吟詠過〈白海青〉，郎世寧又頗受乾隆喜愛，想必應該也畫過這種珍禽吧？於是，我借調出郎世寧的畫冊，果然順利找到兩張「白海青圖」。

最吸引我的一幅，繪有一座獨角獸、伏獅木架。架上有織錦掛飾。停棲在架上絲韁的白海青，回首反顧，雄姿英發，盛氣淩人。

這幅畫上留有御題行書〈白海青歌〉：

鷙鳥飛來自海東，以青得名青率同。……

雙睛火齊懸為珠，一身梨花飛作雪。

鷹房板柙付飼養，支栗支肉有職掌。……

有了郎世寧「白海青」的寫實圖，與今日鳥類圖鑑一比對，海東青的身世遂真相大白。

原來，牠就是現今稱呼的矛隼 (Gyrfalcon)，拉丁學名 (Falco rosticolous)，是隼科中最大型的一種。棲息範圍在極圈凍土草原，冬天時才南下西伯利亞、中國東北或日本北海道。日本人也喜愛這種珍禽，特別在鳥書說明，牠是昔時王侯貴族狩獵時最喜歡用的獵隼。矛隼也不止在亞洲棲息，阿拉斯加、格陵蘭、北歐等地都能發現，算是相當普遍的世界性猛禽。

然而，是何原因使牠特別受到垂愛呢？我想，除了牠是最大的隼科外，可能因為有一種矛隼全身都是白羽，分布偏北的緣故吧！白色或白變種的動物原本就較為稀奇，加上在極圈之外的地區又不易被人發現，牠們遂變得彌足珍貴。而放眼今日世界各地鳥類，也很少鳥種像牠們一樣幸運，受到近代好幾位鳥繪大師的青睞，成為這些巨匠畫筆下的主角。前幾日，我隨便翻查、統計，就找到下面幾位：奧杜邦 (J. Audubon)、古德 (J. Gould)、傅提斯 (L. Foertes)、雷夫 (J. Wolf) 與彼得遜 (R. T. Peterson)。

矛隼除白色一種，尚有灰、暗、黑等羽色的種類。並非如古人揣想，誤以為有些海東青會「變青為白」。矛隼有如此多種羽色，為何都屬於同一鳥種？鳥類學家們研究到今天，也仍未找到合理滿意的解釋。基因變種問題是相當繁複的，我們何妨留給生物學者傷腦筋，還是進入大家有興趣的習性範疇來了解吧！

一般人提及隼科的特性，最讓人著迷的一幕，大概是牠們極少拍翅，而能夠輕易地在高空翱翔，或停留在高空中快速地原位鼓翼。甚而，更常像風箏般，寂然不動地藉著風力飄浮。但一尋獲獵物，隨即快速俯衝而下。

我們因而也能想像，昔時王公貴族勁裝騎馬，雄姿煥發行獵於大草原的場景。而其中一位，從掛籠中請出訓練有素的海東青，取下頭巾，往空中揚手。海東青順勢掠出，振翅高飛，鼓羽翬翬然。然後，從高空中用視野寬闊而銳利之鷹眼鳥瞰。發現獵物時，隨即鎖定目標，殺氣騰騰地急撲而下，準確地搏噬、攫取獵物。

矛隼追捕的主食獵物多半棲息在空曠的地區，如極地松雞、旅鼠、雪兔、野兔、貂、鼬鼠與水禽。可是，矛隼並非如一般人想像中的英勇無敵，或擁有燕子般的快速與高超的攫捕技巧。不少人都見證過，牠的速度可能還不及一隻鴿子。更令人驚異的，矛隼不像其他隼科，具備燕子似的飛行。矛隼如果狩獵成功，絕不是靠敏捷地飛行，而是更端賴於自己本身「堅忍執著」的習性。

一八四〇年代，美國繪鳥大師奧杜邦，對矛隼的飛行與獵捕就有非常準確而生動的形容：

> 牠們的飛行類似花梨隼（註：中國北地常見），卻更加高尚、威嚴、迅快。往不同方向飛行時，牠們很少輕快地翱翔、滑行，而是不斷拍翅。當接近善知鳥(Puffin)時，牠們會全然無聲地盤旋在高空，似乎在等候適當的時機到來。然後，

收起雙翼，近乎垂直地降下，撲攫那些未料到的犧牲者。牠們的叫聲也類似花梨隼，高昂、尖銳又刺耳。在海岸，一如沿海岸航行的漁夫，必須藉助燈塔的指引；牠們隨時會站在高大且可以鳥瞰的位置，駐足好幾分鐘。但牠們的立姿不像其他鷹一般豎直挺立，而是像燕鷗一般斜傾著身子。駐足觀察一段時間後，牠們馬上恢復娛樂，撲向其中的一隻善知鳥。通常，這些可憐的善知鳥都正站在洞穴入口旁的石子地面上，顯然完全沒有察覺矛隼的迫近。面對矛隼的攻擊，善知鳥也毫無招架之力。矛隼捉起牠們飛上天空，只輕提幾下，彷彿是在整理自己的羽毛。整個過程輕易如魚鷹用爪從水中捉起魚一般。

隼科的頭在身體比例上，向來比其他鷹鷲科大許多。有人即以此為由，認為隼科智商最高，當然這完全沒有科學根據。不過，我們可以確信，矛隼有時候捕捉獵物，並不是為了吃，而是牠的一種「休閒娛樂」。

一九三〇年代，有一位鳥類學家就查證到這種「覓食」行為：

我正駕車經過一條小而草叢茂密的小溪，小溪兩岸是開闊的鄉野。這時，有人開槍顯然失敗了，驚起一隻雌野鴨，倉皇飛出，奔向前方的大湖。一隻大型的隼（註：即矛隼、海東青）突然冒出，在此野鴨之後，保持同樣的高度，迅速追上。就在那一剎間，野鴨突地脫離原本合理的直線飛行，這隻大隼快速掠空。野鴨盤旋，下降到一座冰層覆蓋的小池塘上駐足。

這隻大隼又輕巧地飛來，接近野鴨；接著幾分鐘內，牠一再地飛下來突襲，每一次飛撲，至少都用一隻腳爪朝野鴨身上掠過一回。飛撲結束後，牠也飛降水面，離野鴨幾尺遠。持續幾分鐘，寂然不動。野鴨嘎嘎大叫，但未移動位置。大隼趁機再一次飛起，由上往下攻擊。

這時，我和同伴走近池塘，各自站在一端。當我們接近時，野鴨迅速飛起，又朝大湖飛去。這隻大隼也跟著飛出，卻被我的朋友射中。在大隼的嗉囊中，約有兩盎司的胸肉，是一隻雄野鴨，因為這些肉殘留有栗色的胸羽。

這位鳥類學者判斷，很可能，這隻矛隼正在誘使雌野鴨飛行；因為大型的隼傾向於在空中將獵物擊倒，而不選擇在地面。不過，從嗉囊中的食物分析，牠的肚子已經填飽；

此外，大型隼每天獵食很少超過一次。極有可能，牠只是在戲弄那隻野鴨。

矛隼雖然是隼科中最碩大者，但也非沒有天敵；很多情況下，比牠小型的鳥類也會反擊，如果同伴多了，更會欺侮勢單力薄的矛隼。

有位鳥類觀察者就有以下精采的親身經歷：

一隻矛隼被兩隻烏鴉猛烈地攻擊。這群互鬥的鳥群，在高空飛行一陣後，彼此發出高昂生氣叫喊。緊接著，兩隻烏鴉飛降地面，在一塊岩石上挨肩並坐，岩石下顯然有洞穴，附近棲息著許多旅鼠。矛隼則停降於五十公尺外，在另一塊岩石上凝視。

我向牠們接近。牠們又飛上天空繼續纏鬥。未幾，矛隼擺出要飛走的姿勢，準備逃避烏鴉的粗暴攻擊。

這場戰鬥正巧在我頭頂上空，為了讓牠們公平競爭，我射中一隻烏鴉。

結果，不遠之處，有兩隻矛隼也被驚起，與原先的矛隼和烏鴉在海岸方向不期而遇。原先的矛隼獲得這兩隻矛隼的幫助，這回換烏鴉困窘地落荒而逃了。三隻矛隼回到岩石頂上駐足。

我也見過賊鷗追逐矛隼。八月末，幼小的賊鷗初次站在岩石上徜徉，仍然由雙親照顧、守衛；預防矛隼的攻擊。賊鷗的飛行能力遠勝過矛隼，矛隼往往要避開賊鷗的追逐。每次發生這種戰爭，都有三四隻賊鷗加入戰鬥，往往在非常高的天空一決勝負。

這位鳥類觀察者並未告訴我們，最後到底誰贏了。若按我過去獲知的資訊判斷，鷹隼科最怕被善飛的小型鳥類圍攻，往往在不堪其擾下，自行狼狽飛離。我自己就在台灣的大甲溪親眼目睹紅隼被烏鶖追逐過。

但矛隼畢竟不同凡響，這種被中國人稱為海東青的猛禽，擁有鷹隼科最頑強的意志，就像上述被烏鴉欺負了，依然駐足在不遠的石塊上，堅持不肯離去。其個性所顯現的態勢，正如奧杜邦所云：「高尚、威嚴」；彷彿早已擁有更大的決心要去完成既定的任務。

——《自然旅情》，晨星

作者簡介

劉克襄

一九五七年生於台灣台中，文化大學新聞系畢業。曾任職《台灣日報》、《中國時報美洲版》、《自立晚報》等報之副刊，從《中國時報‧人間副刊》副主任退下來後，現專事寫作。詩集有《漂鳥的故鄉》、《在測天島》等；文集有《隨鳥走天涯》、《台灣舊路踏查記》、《自然旅情》、《山黃麻家書》等十餘部；動物小說《風鳥皮諾查》、《座頭鯨赫連麼麼》、《豆鼠三部曲》等。

作品導讀

文學的老鷹之歌

被戲稱為「鳥人」的劉克襄，不僅是鳥痴，也有探險家的精神，詩人的浪漫，常寫到物我合一的境界。

劉克襄不多言，與他相識多年，說的話加起來不到百句，只有一次搭他的便車，談較多的話，他跟年輕時代差異不大，當編輯公務員，最快樂自由的時光就是到處有目標地走走看看，他從年輕時喜歡地理，到愛騎機車到處逛，現在則成為愛蔬果的居家男人。我們談的是孩子，還有流行文化。孩子跟他一樣不多話，很有主見，但父子之間沒話說，只有一起看「星光大道」討論不休，還一起看重播。他的情感看來理性，對環境的關懷詩意依然不變。

早在八〇年代，劉克襄就開始發表一系列鳥類觀察手記，並擔任自然觀察解說員，經常從事野外觀察和古道舊路踏查，寫作的題材包括飛鳥走獸、溪流海岸山林，他有時從報導的角度客觀捕捉題材；有時從詩情的角度歌詠自然之美。他對生物的痴，生態的愛，幾近宗教，縱使是微小生物亦情有獨鍾慷慨入文，他能寫華美的詩文，然而面對自然寫作，偏愛科學家的精準。本文從文獻上記載的海東青，鑑定考究發現牠的身世，為現今稱呼的矛隼，卻為歷代貴族繪鳥大師所偏愛，作者在前面較多地從詩文繪圖中彰顯牠的傳奇性和尊高性，最後才以鳥類學家的觀察，揭去光環，原來體型碩大的矛隼常被小型鳥類圍攻，自行狼狽飛離。雖然如此，作者還是肯定牠頑強的意志。「海東青」這鳥中之王者，令人引起美的聯想，這時用的是詩人之筆；寫其特性及弱點，是專家之筆；結以其精神的勝利，則是哲人之筆了。

鷹隼的生命力對應著作家的盛年與生命力之圖象。在寫法上層層逼進，感性與知性交融，但他對自然的熱愛，氣勢的昂揚在寫海東青時似乎飛逸而出，怪不得他說：「感性的層面其實更濃烈而堅實。那詩之情懷從不曾在我的自然觀察裡脫隊。它隨時回來，在散文敘述裡，扮演著調和的溶劑。」

欣賞此文多注意作者如何描摹鳥類的神姿與神祕的傳說，結合知識的探索，在文學與科學之間轉換身姿，文獻的引用、與作家探索的熱情，結合成一篇豐富多姿的妙文。

訪草（第二卷）

陳冠學　著

《訪草》是作者於田園生活中所見所感之作。有田園畫，有家居圖，有專寫田園聲光、哲理的卷軸。喜愛大自然田園清新景象的讀者，當可從中獲得一份未曾預期的驚喜與滿足；而書中有關人性與人生哲理的文字，則句句印入你的心底。

文字結巢

陳義芝　著

很少有人同時是作家、大報副刊主編，又是大學教授，具備最開闊的文學視野；很少有人能將文學源流、創作方法，娓娓清晰地表達，展露一個老文學青年最深情的眼光；很少有人願意用淺顯的文字、自己親歷的指標性情境，指引年輕一代如何閱讀文學。《文字結巢》正是這樣一本具有視野與深情的書！

河　宴

鍾怡雯　著

●金鼎獎優良圖書推薦

《河宴》收錄了鍾怡雯大學時期所有得獎作品，是她的第一本散文集，是她自我成長經歷的「交待」與「總結」；作家的第一本書，往往是最純粹、最能見其創作初心。鍾怡雯的散文創作，其特色在於她說故事的方式；在散文的經營上，她總是讓人驚喜。

紅紗燈（新版）

琦君　著

記憶中一盞古樸的紅紗燈，那是外祖父親手為她糊的。無論哀傷或歡樂，數十年的生活經歷，似乎被凝縮在溫馨的燈暈裡，更化作力量，給予她信心與毅力。這盞紅紗燈就是紮紮實實的希望，引領著她邁步向前……。

兩地（新版）　林海音 著

一個是父母的家鄉，一個是成長的地方。客居北平時，遙想故鄉台灣的親人；回到了台灣，卻懷念北平的人情景物。兩地的相思，懸著的是一顆想念的心。於是，林海音寫下了對這兩個地方的思鄉情，為生命中的兩地留下溫暖的回憶。

對荒謬微笑　廖玉蕙 著

世間多少荒謬事？何妨一笑置之！平凡人、平凡事，在廖玉蕙的文章中，別有一番動人心弦的風情。她以幽默清新的筆調、深情包容的眼光，看待生活中的種種不如意，並用「心」拾取身邊的閒情逸趣。她的情感細膩，觀察入微，因而成就了這本有趣的小品。

你道別了嗎？　林黛嫚 著

●中山文藝散文創作獎、聯合報讀書人周報書評推薦

你知道每一次道別都很珍貴，你無法向那些不告而別的人索一句再見，但是，你可以常常問問自己，你道別了嗎？作者在這本散文集中，除了以文字見證生活經驗之外，更企圖透過人稱的轉換造成距離感，並以小說化的敘事筆調呈現散文的瀟灑文氣。

父女對話　陳冠學 著

本書是記述一位老父與五歲幼女在人世僻靜的一個角落，過著遺世獨立生活的文學畫，山林蓊鬱，山泉甘冽，自有一份孤獨的甘美。舉世滔滔，這應是一面明鏡，堪供讀者對照。

文字編織：讓寫作變容易的六章策略

廖玉蕙　著

面對生活中頻繁使用文字的機會，該如何學習，才能在寫作上獲得顯著的進步呢？知名作家廖玉蕙女士親自撰寫這本《文字編織》，將她多年來獨門的創作經驗與您分享。書中介紹許多實用可靠的寫作「小撇步」，只要細心研讀，你我都能成為「文字編織」達人！

台灣平安

洪素麗　文・圖

《台灣平安》一書的寫作，涵蓋的時間與地域是寬廣的。從大霸尖山的霧林帶到北美的溫帶雨林。從西班牙的陽光海岸到熱帶摩鹿加群島。從孟買的雨季到港都哈瑪星的烏魚季。洪素麗以她充沛的文學與藝術的才情，文圖並茂地標示她的文學藝術文化的無國界觀。